Sous les étoiles de nos doutes, l'Amour ne meurt jamais

NADINE JOCKERS

Sous les *étoiles* de nos doutes, l'*Amour* ne meurt *jamais*

NADINE JOCKERS

BYNJ
EDITIONS

À mon mari, dont j'ai le bonheur de partager la vie depuis de nombreuses années, mon confident, mon meilleur ami, mon âme sœur, je te dédie cette histoire, un peu, beaucoup, passionnément, pas du tout, la nôtre.

La vie peut être belle, simple.

La vie peut être rude, douloureuse.

L'univers nous offre des leçons dont on ne perçoit pas toujours le sens au moment où cela se passe. Mais le jour où nous prenons le temps d'arrêter la roue en perpétuel mouvement, nous pouvons commencer le chemin de l'introspection et découvrir que nous sommes le seul maître pour définir la voie que notre âme souhaite emprunter.

Ici et maintenant.

PLAYLIST

I gotta feeling - *Black Eyed Peas*

Healing Sound Bath – *Ana Netanel*

Heaven – *Earth*

Heart Chakra – *Jonathan Goldman*

Purification – *Deepak Chopra*

CHAPITRE 1

AMBRE

Février 2023

J'introduis délicatement la clé dans la serrure. Le cliquetis de l'ouverture résonne doucement. En appuyant sur la poignée, je fais descendre le levier qui, à cet instant même, déclenchera ma nouvelle vie. Ce geste anodin marque le début d'un nouveau chapitre, celui de la concrétisation de mon rêve. À ce moment précis, j'aurais tant souhaité que ma grand-mère puisse être présente, qu'elle puisse voir que j'ai enfin écouté ses conseils. J'ai mis beaucoup trop de temps à retrouver le chemin de la raison, mais mieux vaut tard que jamais. Même si elle n'est pas physiquement là, je suis convaincue qu'elle veille sur moi. Elle doit être fière de voir que je réalise le rêve qui habitait la petite fille que j'étais.

Merci, Mamie. Sans toi, l'acquisition de cet endroit aurait été un rêve inatteignable.

Ma main gauche effleure la porte en bois qui me sépare de mon nouveau chez-moi, savourant ce premier contact. Pendant ce temps, ma main droite serre la poignée, hésitant à la pousser. Cette simple action est sur le point de changer le cours de ma vie à tout jamais. Mon souffle est court, mes doigts tremblent timidement sur l'acier, et quelques pensées de panique s'insinuent sournoisement, m'empêchant de profiter pleinement de ce moment qui devrait être une pure source de bonheur.

Ai-je fait le bon choix ? Serai-je amenée à regretter cette nouvelle vie ? Mais qu'est-ce qui m'a pris ? Je suis complètement folle !

pour me retrouver. Respirer et me libérer de ce jugement qui me hante depuis trop longtemps. Mes parents, certaines amies, et surtout mon ex. Aujourd'hui, je veux retrouver la paix de mon âme et ma liberté d'être qui je suis sans jouer un rôle pour satisfaire les autres. Ma poitrine se soulève joyeusement à chaque inspiration, et je laisse tomber mon sac à dos au sol, me libérant du dernier poids qui pèse sur moi.

En acquérant cet endroit, je n'avais pas réellement réfléchi à ce qui m'attendait. Après tout, mes parents ne m'avaient guère transmis les valeurs de la terre ni comment me débrouiller seule, encore moins comment devenir autonome. Au contraire, ils étaient tout aussi inquiets que lorsque j'avais décidé de vivre avec mon ex qu'ils détestaient tant. À l'époque, leurs préoccupations tournaient autour des possibles conséquences de ma relation avec lui, et aujourd'hui, ils redoutent que je ne puisse pas survivre sur ma petite montagne alsacienne. Je comprends que cela soit difficile pour eux, et qu'ils se fassent réellement du souci, mais je ne veux plus me priver de la vie que je désire. Ils devront l'accepter, pour mon bien. Un jour, ils comprendront. Parce qu'ici, je suis persuadée que je peux réussir. Bien que cela prenne du temps et exige beaucoup de travail, j'y crois profondément. C'est une conviction ancrée au plus profond de mon cœur. Peu importe si toutes ces personnes ne croient pas en moi, je leur montrerai qu'elles ont tort. M'être laissé anéantir par mon ex ne signifie pas que je ne vaux rien. Aujourd'hui, je sais que je suis capable de plus.

Figée au milieu de la pièce, mon souffle s'accélère.

Pourquoi est-ce que je viens de repenser à mon ex ? Les images de ma main tenant la casserole s'abattant sur le visage de Nicolas, me reviennent brusquement à l'esprit. Il avait à peine eu le temps de lever son bras pour l'arrêter. Des frissons parcourent mon dos.

« *Après tout ce qu'il m'a fait, il l'a bien cherché* », marmonné-je.

Un feu s'embrase en moi, propageant sa chaleur dans la pièce. Ma gorge se serre et ma respiration se fige un court instant, comme si quelque chose pesait lourdement sur ma poitrine.

Je ne dois plus penser à ce qu'il m'a fait !

C'est incroyable comme cet enfoiré, à l'autre bout de la France, parvient encore à m'atteindre.

Un vent froid me frappe par-derrière, faisant claquer la porte d'entrée contre le mur. Mon corps frissonne, ma température retrouve son équilibre, et je sens l'humidité de l'habitation m'envahir. Après avoir verrouillé la porte, je traverse la pièce jusqu'à la baie vitrée et tourne la manivelle qui soulève l'énorme volet blanc. J'aère et m'avance sur la terrasse. Un soleil radieux réchauffe mon cœur et m'émerveille de la beauté de la vue. Le chalet surplombe les quelques maisons situées une cinquantaine de mètres plus bas. En face de moi s'étalent les deux rangées de montagnes qui ouvrent l'horizon sur un espace panoramique à cent quatre-vingts degrés, au moins. Le vent fait danser mes longs cheveux fins qui chatouillent mon visage, tandis que mon corps redécouvre le plaisir de ne rien faire, simplement d'être là, à savourer l'instant. Mes oreilles se délectent du concert des oiseaux, du doux bruissement des feuilles caressées par les vagues de vent. Et je me surprends à éprouver de la joie à entendre un autre son que ses cris et ses insultes.

Je me tourne vers la gauche et contemple mon terrain, une étendue de trente ares de prairies avec quelques arbres dispersés sur les côtés et à l'arrière du chalet. Des sapins, des hêtres et un majestueux chêne. L'idée que, certains matins, j'aurai peut-être la chance de partager ce lieu avec les biches de la réserve naturelle voisine me réjouit.

Je m'imagine déjà construire à proximité de ma terrasse un bassin agrémenté de poissons rouges, entouré de petits arbres japonisants. À gauche, un potager, soigneusement placé pour répondre à mes besoins alimentaires sans avoir à m'éloigner trop. Le reste du terrain sera dédié à ma forêt comestible. Deux bassins, sans poissons pour préserver la faune, seront créés pour favoriser la biodiversité. Des arbres fruitiers, robustes face au froid de ma région et au sol appauvri par la pente drainant les nutriments lors des pluies, compléteront cet aménagement. La simple vision de ce que cet endroit va devenir remplit mon cœur de joie, faisant voltiger le bonheur en moi.

Comme c'est bon.

***

Aucun réveil ce matin-là ni de coups de pied pour m'obliger à être la première debout. Les rayons du soleil se glissent à travers les interstices du volet, que j'ai délibérément laissé ouvert pour éviter l'obscurité totale. Comme un chat, je m'étire, savourant ce moment précieux. Mon corps frêle s'imbibe de l'air frais et léger. Le calme de cet endroit m'a offert une nuit paisible, une expérience que je n'avais pas connue depuis des années. Aucune odeur de cigarette n'empoisonne l'air. Pas un seul verre ni une bouteille d'alcool ne traîne dans chaque coin. Aucun homme dans mon lit ne me pousse à préparer le petit déjeuner.

Je suis libre.

La liberté de faire ce qui me plaît. Mes yeux contemplent le plafond en lames de pin. La béatitude qui prend place dans mon corps, confortablement installée sous ma couette chaude, est presque planante. C'est si étrange et pourtant si délicieux.

Comment ai-je pu laisser un homme m'arracher tout cela ?

Même si ces derniers mois, j'ai retrouvé le goût de la vie chez mes parents, être ici, chez moi – un immense merci à ma grand-mère de m'avoir offert les moyens d'acheter ce bien –, sans elle, je n'aurais pas pu réaliser ce rêve aussi rapidement. Mes yeux s'humidifient et mon cœur se serre. Je l'aimais tellement. Ma grand-mère me comprenait à un niveau profond, elle n'était pas du genre à juger sans se mettre à ma place. Elle écoutait, partageait ses propres expériences pour m'aider à grandir davantage. Même si je n'ai pas toujours saisi le message qu'elle essayait de me transmettre. À l'époque, mon esprit n'était pas encore prêt à comprendre.

J'ai fini par le faire, merci, Mamie.

Elle me manque tant. Des larmes coulent le long de mes joues, la tristesse m'envahit lourdement. Cependant, elles sont rapidement suivies par des larmes de bonheur, car je réalise enfin ce rêve enchanteur, grâce à elle.

Je me tourne vers le cadre photo que j'ai emporté, posé sur ma table de chevet. La photographie de Mamie et moi enfant me fait sourire. J'essuie mon visage d'un revers de la main, trouvant la motivation de me lever. J'enfile les bonnes grosses chaussettes en laine qui m'attendent à côté de mes derniers chaussons qu'elle m'avait tricotés, les seuls qui ont survécu à mes orteils qui remontent et déchirent tout sur leur passage. Je déteste mes pieds rien qu'à cause de ça, du coup, je me force à plier les orteils vers le bas. Mes derniers chaussons-souvenirs.

Je me protège de la fraîcheur sous un épais gilet rose, puis j'ouvre les volets. Il est encore tôt, le soleil vient à peine de se lever, offrant un éclairage doux qui magnifie les nuances de vert des arbres soutenues et variées, plus magiques que la veille. Les oiseaux chantonnent depuis cinq heures du matin, leurs mélodies sont si belles que j'apprécie ce réveil tout en délicatesse. Une brise légère fait balancer les fleurs jaunes des primevères en cette fin d'hiver, enveloppant mon cœur d'une joie sans pareille.

Cette première journée dans mon chalet de rêve a été consacrée aux tâches ménagères, principalement au lessivage pour tout nettoyer à fond et décrasser ce qui en avait besoin. Ce chalet a été construit en 2000, l'année de ma naissance, est-ce une coïncidence, un signe du destin ? J'aime à le penser. En tout cas, je l'ai pris comme un signe le jour où j'ai visité cet endroit.

Mon estomac gargouille si bruyamment qu'il me rappelle qu'il est déjà l'heure de manger. Le ménage étant terminé, il ne me reste plus qu'à installer les quelques affaires qui attendent dans ma valise, le strict nécessaire pour adopter un mode de vie minimaliste dans la tendance du slow living. J'ai décidé d'embrasser ce mode de vie le jour où je me suis échappée de l'appartement de mon ex, avec seulement le minimum dans mon sac à dos. C'était le moyen idéal pour commencer ma nouvelle vie, sans fioritures ni pollution visuelle. Du moins, c'est ce que prône Marie Kondo, dont je m'inspire depuis, car ses idées sont intéressantes et parfois surprenantes.

Une casserole et une poêle pour ma kitchenette. Non, ce ne sont pas celles que j'ai utilisées pour frapper mon ex. Même si j'aurais aimé les garder en souvenir, comme un beau trophée symbolique pour avoir enfin pris le dessus et gagné contre cette personne toxique.

Je soupire. *Pfff, tout ça, c'est du passé.*

Un frisson parcourt mon corps. Je poursuis le vidage de ma valise et en sors une assiette ainsi que des couverts pour le repas. Deux serviettes destinées à ma minuscule salle de bains aux toilettes de copeaux de bois. Un authentique savon de Marseille, polyvalent pour ma toilette, la vaisselle, la lessive et bien d'autres tâches ménagères. Le flacon d'huile de coco rejoindra la cuisine, son parfum délicieux m'enchantant déjà. Il me servira à la fois de dentifrice et d'hydratant corporel. Un shampooing solide pour ma toilette, accompagné d'une crème de jour biologique. Cette dernière, je l'ai choisie en pot plastique, ne voulant pas abuser. Être écolo, c'est important, mais il est également bon de se faire plaisir de temps en temps. Et voici le moment crucial : ma garde-robe. Elle n'est pas imposante, juste quelques tenues qui rentrent parfaitement dans ma valise, qui me servira ainsi de penderie discrète sous mon lit. J'y ai rangé deux pulls, deux sweats, deux jeans, deux pyjamas, deux paires de sous-vêtements et deux paires de chaussettes. Un double exemplaire de chaque devrait suffire à ma nouvelle vie d'ermite solitaire.

« OK, je crois que j'ai fait le tour. »

Ça y est, à peine arrivée et je me surprends déjà à parler toute seule comme une vieille.

Mes lèvres s'étirent en un sourire de satisfaction, je sens revenir la bonne humeur qui était la mienne autrefois.

Les reproches incessants de mon ex se sont insidieusement incrustés au fond de moi, tels des éclats vénéneux. Pourtant, mes proches l'avaient prédit, mais j'avais choisi de fermer les yeux sur leurs avertissements. Dans un premier temps, j'étais comblée qu'un homme comme lui daigne poser les yeux sur moi. Intelligent, admiré de tous, il avait un charisme magnétique. Ses yeux bleus déclenchaient une fascination insensée en moi, et sa voix, grave et suave, sonnait comme une mélodie enivrante à mes oreilles. C'était une évidence, jusqu'à ce jour où tout a basculé, où son être a subi une transformation sinistre. Mes besoins d'amour aveuglaient ma lucidité, me poussant à tolérer l'intolérable. Il a commencé à me priver de mon indépendance, m'interdisant d'aller travailler, de sortir seule, de me maquiller, de laisser mes cheveux libres. La jalousie a fait son entrée, distillant des paroles toxiques qui ont fini par m'anéantir. Jamais je n'aurais cru que son comportement atteindrait un tel point, faisant voler en éclats mon estime de moi-même, chaque injure quotidienne agissant comme un coup de massue sur ma confiance.

Le bruit d'un cageot de légumes jeté devant moi me tire immédiatement de mes pensées. Une jeune femme au teint de porcelaine et aux cheveux flamboyants me scrute.

— Bonjour, tu es la nouvelle, n'est-ce pas ? me demande-t-elle.

— Bonjour, Oui…

Je la fixe, surprise. Comment peut-elle le savoir ? Un rire mutin s'échappe de ses lèvres.

— Je sais… ça peut sembler cliché, mais dans les petits villages, tout se sait.

Un bref clin d'œil, et elle poursuit :

— J'habite la maison en bas, tu sais, la bleue, au début du chemin de pierre qui mène à ton chalet. Je t'ai vue arriver jeudi.

— D'accord, désolée, je n'ai pas fait attention. J'étais tellement pressée d'entrer et de poser mes affaires.

— Tes affaires ? Tu n'es venue qu'avec une valise, rit-elle d'une voix enjouée.

— C'est tout ce dont j'ai besoin pour le moment.

— D'accord, chacun son style. Minimaliste, peut-être ?

Elle baisse la tête vers son cageot, le dépose sur le rebord de la fontaine, puis son regard revient vers moi.

— Si tu veux, je peux t'accompagner au marché. J'ai encore quelques courses à faire. Comme ça, je te fais les présentations.

Je l'observe, cherchant une réponse délicate... en vain. La facilité de redevenir celle qui ne dit jamais non m'envahit. Mes pensées s'embrouillent. J'inspire et tente :

— Merci, mais je préfère jeter un coup d'œil rapidement et prendre juste le...

Elle ne me laisse pas le temps de refuser.

— Allez, ne fait pas la timide, ils ne vont pas te manger.

Je lui offre un sourire forcé dans cette situation, tandis qu'elle m'empoigne le bras.

— Au fait, moi c'est Barbara, lance-t-elle avec un nouveau clin d'œil.

Quelque chose doit la gêner, ou bien est-ce une habitude locale ?

À quelques mètres de là, le boucher présente un étalage de viande qui met l'eau à la bouche de Barbara et provoque chez moi un léger dégoût.

— OK, j'ai compris, tu ne manges pas de viande ? Moi non plus, c'est rare, sauf si c'est un bon morceau de viande avec plein de légumes. Comme un baeckeofe, tu vois, un plat bien de chez nous.

— Pas d'animaux pour moi. Il y a déjà assez de souffrance sur terre, je n'ai pas besoin d'en ajouter.

— OK, je comprends. Perso, je n'aime pas non plus faire du mal aux animaux, mais j'ai un gros souci dès qu'il s'agit de manger. Mon estomac gagne le combat à chaque fois.

Elle pouffe honteusement, poursuivant avec humour :

— Je suis trop faible face à la nourriture.

Barbara m'entraîne d'un pas décidé vers le maraîcher bio, au coin de la rue. Dans notre hâte, en passant entre les badauds, je me cogne l'épaule contre un homme qui remplit son panier en osier de carottes. L'une d'elles tombe. Je m'empresse de la ramasser tout en m'excusant auprès de lui, ne réalisant pas qu'il s'est baissé pour la rattraper lui-même. Sa main attrape la carotte une fraction de seconde avant la mienne. Je sens mes joues devenir rouge pivoine. Il a la peau si douce. J'ose à peine redresser le menton de peur qu'il voie que cette scène me gêne.

— Désolée, dis-je, le visage écarlate de honte.

Ma voix grésille. Je déteste le son qu'elle a en cet instant, comme celle d'une enfant. J'ôte ma main de la sienne. Mes yeux montent vers lui et je découvre des yeux d'un bleu-vert très clair. Il passe sa main dans ses cheveux châtains tout en se relevant. Je le suis dans le mouvement. Tout mon corps se met à grimper en température.

Calme-toi.

Mon souffle a du mal à se stabiliser. Son visage me saute aux yeux. Je le connais.

Que fait-il ici ?

— Ce n'est pas grave.

J'entends son sourire à travers ses mots.

— Salut, dit Barbara en lui faisant la bise lorsqu'elle nous rejoint.

— Salut.

— Je te présente…

Barbara m'observe. C'est vrai que je ne lui ai pas encore dit mon prénom.

— Bonjour… Ambre.

— C'est ma nouvelle voisine. Elle a osé acheter le chalet au-dessus de chez moi, tu sais, celui qui est abandonné depuis une dizaine d'années.

Son regard transperce le mien. Il termine de replacer les quelques mèches rebelles.

— Tu as bien du courage.

Il ne me lâche pas des yeux, ce qui me met très mal à l'aise. Après toutes ces années, jamais je n'aurais cru le revoir et encore moins ici.

— Au fait, moi c'est Yann.

J'acquiesce d'un sourire, comme si je ne le connaissais pas, alors qu'il hante mes pensées depuis si longtemps.

— Faut qu'on y aille, à bientôt, beau brun.

Barbara s'agrippe à nouveau à mon bras pour me présenter le maraîcher et ses savoureux légumes. Mais mon regard ne peut lâcher cet homme qui s'éloigne. Mon cœur bat la chamade, et je ne peux empêcher mes mains de trembler.

— Allô la Terre, siffle Barbara lorsqu'elle remarque l'intérêt que j'ai pour Yann.

— Si tu fais ton marché ici, tu le verras souvent.

— Il habite dans les parages ?

— Oui, depuis quelque temps. Il travaille avec mon chéri.

Le regard de Barbara papillonne dans les airs et le plus amoureux des sourires se dessine sur sa bouche charnue teintée d'un rose clair et sensuel.

— Il faudra que je te présente mon homme à l'occasion.

Yann tourne au coin de la rue et disparaît. Barbara met quelques carottes dans mon panier.

— Regarde, comme ça, tu penseras à lui en rentrant.

Le rire de Barbara se fait entendre dans tout le marché. Certains badauds se retournent pour nous scruter d'un air interrogateur.

— Je n'ai pas besoin de carottes pour penser à lui, mais je vais quand même les prendre.

— Ah oui !

Elle rit aux éclats.

— Je crois bien que je vais t'emmener manger avec nous au centre, comme ça tu pourras faire plus ample connaissance avec Yann, parce que tu vas vite t'ennuyer avec des carottes.

— Comment ça ? dis-je d'une voix fluette.

Barbara s'avance vers moi.

— Ben, je vois bien qu'il te plaît.

— Ça n'a rien à voir, je le connais.

— Quoi ?

Barbara se colle à moi. Épaule contre épaule. Son visage effleurant presque le mien.

— Raconte, là j'ai trop envie de savoir, me dit-elle à voix basse. Parle pas trop fort, ici tout se sait. Tu te souviens ?

Je jette un œil autour de nous. Tout le monde a l'air occupé à faire ses courses ou à discuter en petits groupes. J'approche davantage mon visage du sien et murmure :

— On était dans le même collège.

Son sourire s'étire jusqu'aux oreilles.

— Sérieux ? Pourtant il n'a rien dit.

Mon cœur se serre un instant, et un gros soupir m'échappe.

— Il ne m'a jamais remarquée.

Deux rides du lion s'incrustent entre ses sourcils et son sourire s'efface.

— Tu étais déjà intéressée par lui à l'époque ?

— À l'époque, oui, mais maintenant … non.

— T'es sûre ? C'est pas l'impression que j'ai eue.

Son coude me donne un petit coup dans les flancs.

— Tu te trompes, je suis très bien toute seule.

— OK, c'est toi qui vois. Alors n'oublie pas tes carottes.

Barbara poursuit son chemin jusqu'au stand suivant pendant que je termine de remplir mon panier avec les légumes dont j'ai besoin pour tenir la semaine. Mes joues s'empourprent à nouveau. Je ressens sa peau contre la mienne. Il m'a touché la main. Non, en fait, c'est plutôt moi qui ai touché la sienne. Un rire silencieux m'emplit la poitrine. J'avais tant rêvé d'une telle situation dans ma jeunesse, mais pas une seule fois son attention ne s'était portée sur moi.

Allez, ne pense plus à lui, c'est du passé. Les hommes, c'est fini… Ils ne savent que te faire du mal.

Merci à ma voix intérieure de me rappeler mes mauvais souvenirs. Elle n'a pas tort, faut que j'arrête. Ce n'est pas bon pour moi. Je rejoins Barbara qui patiente un peu plus loin.

— Toi, t'as pas l'air bien.

Je lui réponds instinctivement :

— Ça va, je suis juste un peu fatiguée. J'ai ce qu'il me faut, je vais rentrer…

Elle me coupe la parole, encore une fois.

— Attends, tu ne pars pas déjà ?

— Si, merci pour ton aide.

— Je t'en prie… À bientôt, concède-t-elle en me voyant m'éloigner.

Je lui fais un signe de la main tout en rejoignant mon vélo. J'y installe mon sac à provisions et prends la route sans songer un seul instant à la difficulté que cela va être.

Perdue dans mes pensées, je remarque à peine l'effort que je dois produire pour gravir les montées jusque chez moi. Je suis trop absorbée par la vision de Yann, ici, maintenant, après tant d'années. Pourquoi faut-il qu'il habite si près de chez moi ? Notre collège est au moins à une heure d'ici.

Comment a-t-il atterri sur cette montagne, dans ce minuscule village au milieu des bois ? Décidément, le destin a choisi de jouer avec mes émotions. Il prend ce malin plaisir à me rappeler que je suis nulle au point que – quasiment – personne ne me voit.

De loin, je vois apparaître mon chalet, perché à une cinquantaine de mètres au-dessus de la fameuse maison bleue de Barbara. Remontant à pied l'allée de cailloux glissants, mon vélo chargé de légumes, je n'ai plus qu'une hâte : m'installer dans mon lit et ne voir personne. C'est tout ce que je souhaite dans l'instant. Je suis épuisée physiquement, et là, c'en est trop émotionnellement. Je veux du calme.

La porte d'entrée fermée, je pose mon sac devant l'évier, je jette mes chaussures sur le côté et m'allonge sans même enlever ma veste en jean. Cette balade m'a complètement vidée. La prochaine fois, je vais prendre ma voiture. Mais la raison vient vite me rappeler que je suis là pour changer de vie et diminuer mon impact sur la planète. Je pouffe de mécontentement. Ce sera bien plus difficile que ce que j'avais imaginé.

Après de longues minutes, peut-être même une bonne heure, mon cerveau accepte enfin de cesser de me tourmenter. Allongée face contre la couette, mes paupières sont en train de se fermer lorsque des bruits de pas font s'entrechoquer les gravillons de l'allée. Puis le plancher de l'entrée. *Non, laissez-moi tranquille.* Quelqu'un frappe à la porte, faisant trembler la petite bâtisse. Je n'ai aucune envie de me lever, je commence à peine à me reposer.

— Je sais que t'es là, dit une voix que j'ai déjà entendue ce matin.

Non. Je ronchonne à l'idée de devoir me lever. Mais la politesse me l'impose, en tout cas, c'est ce que mes parents m'ont inculqué comme valeur. Maudite politesse.

J'enfile mes chaussettes tricotées et pose mes pieds sur le sol. Lourdement. J'ouvre la porte sur mon envahissante voisine.

— Pas trop dure, la montée ?

Mon sourcil gauche se lève et je la regarde sans un mot. Ou presque. Ma bouche décide quand même de rester polie, sinon j'aurais aussi bien pu rester sur mon lit.

— Elle m'a crevée. Il va me falloir une semaine pour m'en remettre.

— Oh, excuse-moi alors, j'espère que je ne te dérange pas trop.

Elle me gratifie d'un sourire complice, comme si elle partageait un secret. Je peux déjà sentir que ma tranquillité vient de prendre la fuite.

— J'ai une surprise pour toi.

Elle me sourit et me montre un plat recouvert d'une serviette éponge.

— OK, je voulais juste t'apporter l'une des tartes aux pommes de ma mère, tout le monde les adore.

Elle me la tend et sans hésiter, je l'accepte volontiers. C'est une si charmante attention.

— C'est gentil, merci.

— Je voulais te proposer d'aller en ville demain. J'ai des courses à faire.

Son regard me supplie de l'accompagner et mon silence l'a fait insister :

— À deux, c'est plus sympa, et puis cela te permettra d'acheter ce qu'il te manque.

Ses yeux s'évertuent à fixer l'intérieur.

— Il doit forcément te manquer quelque chose, tu ne pouvais pas tout avoir dans ta valise, hein ?

Son expression me fait rire. Et pourquoi pas ?

— D'accord.

— Super, je suis trop contente. Je te prends demain à neuf heures. C'est pas trop tôt ?

— Non, c'est parfait.

CHAPITRE 3

Le gravier, éparpillé le long du sentier qui serpente vers mon chalet, danse sous des pas lourds, suivant un rythme frénétique. Bientôt, le plancher de la terrasse gémit sous le poids de l'intrus. Le coup de poing énergique de Barbara fait vibrer la porte d'entrée, créant un tumulte qui fait tinter mes assiettes suspendues au mur de la cuisine. Ces dernières années, la routine de me lever tôt, prête à l'heure précise fixée par Nicolas, a forgé une habitude, évitant ainsi de nouvelles insultes. Ce matin, comme toujours, je suis habillée, coiffée, sac sur le dos et chaussures aux pieds.

« *Allez, souris et reste de bonne humeur* », me répété-je. « *Aujourd'hui, tu tournes la page !* » me susurre ma voix intérieure, exceptionnellement bienveillante. Moi qui rêve d'une autre vie, tout semble en place pour que cela se déroule harmonieusement.

Je prends une grande inspiration pour libérer la pression qui s'est emparée de mon corps depuis mon réveil. Me forçant à ouvrir la porte, je présente à Barbara mon plus charmant sourire.

Tout va bien se passer !

— Bonjour.

— Salut ma belle, enfin je vois ton sourire, plaisante-t-elle.

— Tu montes à une vitesse, tu es pressée ?

— Je sais, j'ai tendance à toujours être un peu speed, mais t'inquiète, on a tout notre temps.

Elle passe la main dans de longues mèches de cheveux ondulés, les replaçant dans son chignon désordonné, et ajoute d'une voix émoustillée :

— Je suis trop contente que tu m'accompagnes, tu sais, il n'y a pas beaucoup de jeunes de notre âge dans notre lieu-dit. Surtout des filles.

Je hausse les épaules et attrape mon écharpe.

— Je ne suis pas particulièrement venue chercher de la compagnie. En ce moment, j'ai surtout besoin d'être seule. Et de me mettre à fond dans mon projet de créer mon havre de paix. Tu vois ?

— OK, tu veux faire tous les travaux seule ? Ou tu parles seule parce que tu ne veux plus d'hommes dans ta vie ?

Elle franchit le seuil et jette un œil. Je me détourne de la porte pour la suivre.

— Les deux.

Elle passe en revue toute la pièce et se tourne vers moi.

— OK, t'as déjà commencé les travaux ?

— Le propriétaire a fait restaurer l'intérieur. L'électricité a été rénovée, il a changé tous les lambris des murs et un plancher flambant neuf a été posé. À part faire la poussière et disposer mes affaires, l'intérieur est impeccable.

— Ah ouais, c'est plus le même que dans mes souvenirs.

Elle effectue un demi-tour vers la porte.

— Heureusement qu'il a modernisé l'intérieur, c'était un peu Jurassic Park avant. Imagine, il y a au moins une décennie, c'était un relais pour les randonneurs ! Depuis, plus personne n'a mis les pieds ici. Ça sentait le vieux.

— Nan, sérieux ?

— Ouais, personne n'avait osé s'y aventurer avant toi. Tu es la première intrépide à conquérir ce coin paumé.

***

Nous descendons l'allée jusqu'à sa maison bleue. Sa voiture est garée devant l'entrée du garage. D'une voix taquine, je lance :

— J'imagine que tu aimes le bleu ?

Son visage se tourne vers moi, son expression joyeuse me confirme que je ne me suis pas trompée.

— T'avais pas remarqué ?

— Maintenant oui, effectivement. La maison, la voiture, ta robe.

Le clin d'œil fait son retour.

Elle m'invite d'un geste de la main à m'asseoir côté passager, et s'installe à son tour pour prendre le volant.

— Où est-ce que tu me conduis ?

— On va jusqu'à Strasbourg, il y a plus de choix, sinon il y a Mutzig. C'est le premier endroit où il y a un peu de tout.

— Soyons folles, allons à Strasbourg. Cela fait si longtemps que je n'y suis pas allée.

— Super, alors je t'emmène à la place des Halles, tu connais ?

— Oui, j'ai grandi près de Strasbourg, donc forcément.

— C'est pour ça que tu connais Yann, lui aussi vient de la ville.

— Absolument, Sherlock.

Elle démarre en direction de la voie rapide la plus proche. C'est-à-dire à une bonne demi-heure de là.

— Au fait, j'ai croisé tes parents hier, tu habites toujours avec eux ?

— Oui, mais plus pour longtemps. Je passe presque toutes mes soirées chez Simon. Je pense que cet été, je vais emménager avec lui.

— Et tu es bien avec lui ?

— Oh que oui, c'est l'amour de ma vie.

L'expression de son visage est ravissante. Pendant un instant, je me rappelle ce sentiment si bouleversant lorsque l'on sort avec un homme pour lequel notre cœur bat. Au début, tout est si beau, la passion d'être avec l'autre. Et puis tout s'écroule ! Tout mon monde s'est écroulé si vite et sans que je m'en rende compte. Il a tout gâché. Est-ce qu'elle aussi va un jour le regretter ?

Mon cœur semble condamné à s'éprendre des hommes qu'il devrait éviter, aucun d'eux ne s'est jamais soucié de moi, ne serait-ce qu'un instant. J'étais réduite à un simple trophée, une démonstration de compétences culinaires qui transformait mon domicile en restaurant pour les potes chaque fin de semaine, une femme censée se taire et se conformer à toutes leurs demandes. Je n'étais rien de plus qu'un objet parmi tant d'autres, contrainte de me plier en quatre pour satisfaire leurs moindres caprices, dans l'espoir vain qu'un jour, l'un d'eux m'aimerait sincèrement. Mes yeux se brouillent sous une montée de larmes que je tente désespérément de dissimuler en posant ma main contre ma joue. Je perçois le regard compatissant de Barbara qui se fixe sur moi.

— Est-ce que ça va ?

Je reste le visage tourné vers l'extérieur pour cacher mon désarroi.

— Ça va, t'inquiète, c'est juste quelques mauvais souvenirs qui viennent de me revenir.

— J'ai dit quelque chose qu'il ne fallait pas ?

— Non, ce n'est rien. J'ai l'habitude, ça va passer.

Barbara pose sa main sur mon bras et me caresse un instant avant de reprendre le volant.

— Tu sais que tu peux tout me dire, je suis là pour t'écouter si tu en ressens le besoin.

Sa voix est chaleureuse et amicale. Mon visage s'oriente vers elle, son expression douce m'invite à partager ce qui me ronge de l'intérieur.

— J'ai rompu avec mon petit ami il y a quelques mois, ça ne se passait pas très bien. Quelquefois, ça remonte, et je fonds en larmes pour un rien… Désolée.

— Ne t'excuse pas, c'est normal, ton corps a besoin de se libérer de cette charge émotionnelle.

Elle éclate de rire.

— Oh non, je commence à parler comme Simon.

Après une inspiration, elle reprend :

— Dans ces cas-là, il faut pleurer et ne pas garder tout pour soi. Je suis contente que tu partages ça avec moi. Je sais qu'on ne se connaît pas depuis longtemps, mais tu peux compter sur moi.

— Merci, c'est gentil.

— Est-ce que je peux te demander ce que ton ex a fait ?

Dois-je lui dire ? Cette situation me gêne, car j'ai été tellement minable dans cette relation. Comment admettre que je me suis laissé traiter comme de la merde pendant presque trois années, et que la peur de partir m'a empêchée d'oser dire *non, ça suffit* ? Mon cœur me fait mal, mais pour une raison inconnue, j'avoue :

— Lorsque je l'ai rencontré, il était si génial, beau gosse, entouré d'amis, c'était un peu le meneur du groupe. Mais avec le temps, il a commencé à me dire comment m'habiller, me coiffer, me maquiller avant de sortir, et à l'époque, je pensais que c'était juste parce qu'il me trouvait belle.

Je l'observe attentivement, ne sachant pas comment elle va interpréter la suite. Vais-je la décevoir ? De son côté, Barbara reste concentrée sur la route tout en tendant l'oreille.

— Il voulait toujours que je sois la plus sexy des filles du groupe. Je trouvais cela bizarre, mais bon, j'étais amoureuse. Lorsqu'on a emménagé ensemble, c'est là que tout a complètement changé. J'ai dû arrêter de travailler parce qu'il m'injuriait le soir quand je rentrais. Il s'imaginait que je couchais avec tous les hommes de l'entreprise.

Ma respiration devient lourde et saccadée. Les émotions tentent de se frayer un chemin jusqu'à ma voix qui se met à trembler. Juste un peu, mais assez pour me gêner davantage. Barbara pose sa main sur ma cuisse un instant.

— Ça va aller.

— Je sais. Tout ça, c'est du passé, mais je n'arrive pas à oublier comment je me suis fait avoir. Je voulais tant être comme mes parents, aimer la même personne toute ma vie, que je n'ai pas fait attention à qui il était vraiment. J'ai juste obéi à toutes ses injonctions.

Une grosse bouffée d'air s'échappe de ma poitrine.

— Je craignais tellement d'être à nouveau célibataire, de devoir tout recommencer à zéro avec un autre.

Je jette un œil à Barbara, toujours aussi concentrée sur la route.

— Mes parents ont passé toute leur vie ensemble et j'ai grandi en les voyant se disputer sans arrêt. Du coup, je pensais que c'était normal. Faire tenir un couple, ça doit être difficile. Mais là, à un moment donné, je n'en pouvais plus.

Ma poitrine est tel un étau qui se resserre. J'inspire profondément, tentant de libérer cette pression suffocante. Un léger mouvement, une esquisse pour décoincer ce nœud oppressant. Lorsque je baisse les yeux vers ma cuisse, je réalise que la main de Barbara, réconfortante jusqu'à présent, a disparu. Je contemple le paysage qui défile à travers la vitre de la voiture, hésitant à lui dévoiler davantage mon cœur. Les mots semblent suspendus à mes lèvres, cherchant le moment propice pour se libérer. Une fraction de seconde, je sens son regard se poser sur moi, m'indiquant qu'elle attend la suite.

— Avec le temps, je n'avais même plus le droit de sortir de notre appartement sans lui. Il m'interdisait de me maquiller, je ne pouvais plus porter de jupes ni laisser mes cheveux détachés… sauf lorsqu'on sortait avec ses amis. Il m'insultait à longueur de journée. Vers la fin, il avait installé une caméra dans l'entrée, pointée vers le salon, juste pour vérifier que je ne recevais personne en son absence. Tu te rends compte ? Complètement débile, ce mec.

— Waw, t'as bien fait de le quitter.

Je pouffe nerveusement.

— Il m'aura fallu presque trois années pour enfin oser franchir le pas.

— Y'a vraiment des connards.

L'intonation avec laquelle Barbara me dit ces mots est amusante. Et surtout, me réconforte.

— C'est clair, mais j'ai perdu tellement de temps pour rien. Comme quoi, l'amour rend complètement aveugle.

— Tout à fait, l'amour rend aveugle. Après, cela t'a fait grandir, d'une certaine manière.

— Sans doute.

— J'espère que tu lui as bien fait mal en partant. Tu t'es vengée avec un de ses copains ?

Mes joues s'empourprent et une bouffée de chaleur me fait déboutonner ma veste.

— Non, jamais j'aurais fait ça ! Je tiens à ma vie.

— Dommage.

La déception que je lis sur son visage ravive le récit de mon histoire. Je suis prête à tout lui dire, même si j'ai franchement honte de ce que j'ai fait.

— Je l'ai frappé avec une poêle.

Barbara arque un sourcil et me lance un regard stupéfait.

— T'es sérieuse ?

— Oui ! J'allais préparer le repas, et il a recommencé à m'insulter. Il insistait tellement, c'était sa manière de créer une dispute. Il adorait ça. Il n'arrêtait pas et me poussait contre le meuble pour me faire mal. Ce jour-là, ça a été la goutte d'eau de trop. Je n'en pouvais plus. C'est parti tout seul.

— Quel enfoiré ! Je suis impressionnée, tu as l'air si fragile. Je ne t'imagine pas frapper quelqu'un.

Un rire monstrueux remonte en moi, éclatant comme un feu d'artifice. Barbara se joint à moi dans cet élan libérateur.

J'ai réussi à parler de ce que j'ai vécu avec une telle facilité. Et à cette fille que je connais à peine. Même mes parents ne connaissent pas toute l'histoire. Comment aurais-je pu leur avouer ce que j'ai enduré ? C'est tellement humiliant.

Comme quoi, l'amour rend vraiment aveugle… et faible.

***

La porte du coffre s'ouvre, Barbara y glisse un quatrième sac. Celui-ci est dédié exclusivement aux vêtements de sport.

Je lui demande, l'air un peu inquiète :

— Est-ce que tu as encore beaucoup de courses à faire ?

Elle me lance un regard taquin et répond :

— Pour mes emplettes persos, c'est réglé. Mais toi, tu ne veux vraiment pas te laisser tenter par une petite virée shopping ? Un jean et un jogging, ça ne te fera pas tenir longtemps.

— Je n'ai pas besoin de plus.

— Comme tu veux.

Elle m'invite d'un signe de tête à monter dans sa voiture.

— Allez, viens, il y a juste une boutique que je voudrais te montrer. C'est sur le chemin du retour. Tu vas l'adorer.

— Encore une ?

— Tu me remercieras plus tard, assure-t-elle avec un clin d'œil complice.

Nous traversons Molsheim et approchons du quartier de la gare. Elle se dirige vers un parking aussi vaste que celui d'un supermarché.

— Tadam ! s'exclame-t-elle en se garant devant une vieille manufacture au mur défraîchi.

Je scrute les environs à travers la vitre et me tourne vers ma nouvelle amie, un soupçon de scepticisme dans le regard :

— Tu es sûre de ton coup ?

— Bien sûr, pourquoi ?

— Eh bien, sans les voitures sur le parking, on pourrait croire que c'est à l'abandon.

— Allez, viens, froussarde. Dès que tu verras l'intérieur, tu vas adorer et peut-être même me sauter au cou.

D'un œil interrogateur, j'acquiesce sans grande conviction.

Une porte de garage vétuste et rouillée, occupant presque la moitié de la façade, s'abaisse jusqu'au sol. Nous avançons jusqu'à une porte d'acier sur la droite, laissant entrer une bouffée d'air frais dans cet endroit imprégné d'une odeur de vieilles affaires. Le grincement de la porte se termine par un claquement, signalant notre arrivée à ceux qui prennent leur café ou leur tisane dans un espace qui ressemble étrangement à un salon de thé écolo-branché. Les tables, fabriquées à partir de grosses bobines électriques recyclées, s'étalent avec décontraction. Les chaises et les fauteuils forment un mélange éclectique de couleurs et de styles. Mes yeux parcourent chaque recoin, absorbant avec bonheur chaque détail de ce lieu enchanteur. Mon visage s'illumine, traduisant ma joie intense face à ce spectacle surprenant.

— Alors... Qu'en penses-tu ? me demande Barbara avec un enthousiasme contagieux.

— Je ne m'attendais pas du tout à ça. Bon, ne crois pas que je vais te sauter au cou, hein... ce n'est pas vraiment dans mes habitudes.

— Ça ne te plaît pas ? interroge-t-elle, un brin d'inquiétude dans les yeux.

— J'adore ! m'exclamé-je.

— Génial, je suis trop contente si tu aimes, répond-elle, radieuse.

Elle avance d'un pas rapide vers le comptoir. Je la suis tant bien que mal.

— Pas si vite. Là, tu vois, j'ai besoin de prendre mon temps. Faut que les idées me viennent pendant que je scrute chaque objet.

— D'accord, je te laisse regarder. Moi, je suis au bar.

Elle me fixe un moment pour s'assurer que j'ai bien compris.

— Je vais me prendre un café, alors rejoins-moi dès que tu as fini.

— Ça marche.

Un éclairage vif inonde l'espace, projetant une luminosité blanche qui agresse les yeux. Le plafond, haut et impressionnant, répercute chaque pas avec intensité. Je m'avance dans les allées en quête de l'objet précieux qui trouvera sa place chez moi.

Soudain, une silhouette familière se glisse de l'autre côté d'une étagère imposante, parmi une multitude de bibelots. Intriguée, je m'approche pour mieux distinguer la personne qui a attiré mon regard. Yann, encore lui.

Il semble déterminé à compliquer davantage ma vie.

Sa présence interfère avec mon désir de solitude, moi qui ai rarement connu le célibat. Maintenant

que j'ai compris que cela était essentiel à mon bien-
être psychologique, voilà que je vois Yann partout.

*Bon sang, quel est le message que l'univers cherche à
me faire passer ?*

Yann examine un bol en acier doré, tapant dessus
avec un maillet en bois recouvert de tissu. Une veste
courte bleu foncé, parfaitement taillée, met en
valeur sa carrure en triangle inversé. Son jean, ajusté
à la perfection, souligne ses courbes impeccables. Sa
musculature suggère qu'il n'a pas abandonné le
football américain. Il a toujours été un grand sportif
et je me remémore les moments où j'allais le
regarder s'entraîner, dissimulée dans un coin.
L'univers semble décidé à se jouer de moi, réveillant
la douleur de cette époque où Yann, comme tous les
hommes, ne me remarquait pas.

Il glisse l'objet dans son sac en toile, qu'il porte à
l'épaule. D'un geste de tête, il remet ses cheveux mi-
longs en arrière, ravivant involontairement le
charme qui m'avait jadis ensorcelée.

*Je me déteste. Comment je peux retomber dans le
piège ?*

Un souffle d'air, aussi subtil qu'une plume caressant ma nuque, annonce la présence de quelqu'un derrière moi. Une main délicate se pose sur mon épaule, tandis que la chaleur humaine se rapproche, m'obligeant à partager mon espace vital. Incapable de résister à la curiosité, ma tête se tourne instinctivement vers la source de ce rapprochement, découvrant Barbara, sur la pointe des pieds qui tente d'apercevoir ce qui a capté mon attention.

— Y'en a une qui se fait plaisir à ce que je vois, s'esclaffe-t-elle malicieusement.

Une vague de rougeur s'empare de mon visage, la chaleur de ma timidité se répandant comme une cascade dans tout mon être.

— Chut, faut pas qu'il nous voie.

Barbara se divertit de ma réaction et se détache de moi, juste à temps pour que Yann poursuive son chemin dans l'allée du hangar. Toujours aussi distrait, il ne m'a pas remarquée, tout comme à l'époque. Certaines choses ne changent pas.

— Pourquoi tu te caches ? Comment veux-tu qu'il te remarque s'il ne te voit pas ?

Elle a raison. Mes yeux le cherchent désespérément.

— T'inquiète, il est parti. Tu peux tout me raconter, me susurre-t-elle à l'oreille.

Un dernier coup d'œil pour confirmer, il est bel et bien parti. Je scrute notre allée, prête à partager mon secret.

— Nous étions dans le même collège. Il venait juste d'emménager près de chez moi.

— OK, dis-m'en plus, s'impatiente-t-elle.

— C'était en cinquième année. Lorsque je l'ai vu...

Je m'égare un instant dans mes souvenirs enchanteurs. Barbara glisse son bras dans mon dos, me maintenant contre elle par l'épaule. Une brise légère caresse ma peau, et je ressens le doux contact de sa main.

— Vous êtes sortis ensemble ?

Je rougis davantage, mes yeux s'illuminant à cette pensée. Une pointe d'excitation chatouille mes sens, me rappelant les émotions de cette époque.

— J'étais folle amoureuse de lui ! Je me souviens qu'une copine de classe avait même réussi à trouver une photo de lui et me l'avait donnée en cours d'année.

Un coup d'œil furtif aux alentours pour vérifier qu'il n'est pas revenu sur ses pas. Les sons ambiants du lieu résonnent doucement à mes oreilles, produisant une atmosphère particulière.

— Allez, il n'est pas là, raconte.

Barbara trépigne d'impatience. Les battements de mon cœur s'accélèrent, créant un rythme syncopé dans ma poitrine.

— Nous n'étions pas dans la même classe, mais je l'observais à toutes les récréations. J'allais carrément me promener dans son quartier rien que pour l'apercevoir.

— Et vous êtes sortis ensemble ?

— Il ne m'a jamais remarquée, il y avait trop de jolies filles autour de lui.

— Mince, je suis désolée pour toi. C'est dur lorsque ce n'est pas partagé.

— À la fin de l'année, c'est moi qui ai déménagé avec mes parents dans le Sud. Et voilà, histoire terminée.

Le sourire de Barbara s'efface à cette annonce. Elle me prend dans ses bras avec force. La chaleur de son étreinte me réconforte, et je sens son parfum délicat, ajoutant une dimension olfactive à l'instant.

— Ça va, t'inquiète, j'ai digéré ça depuis le temps.

— T'es sûre ? Parce qu'à te regarder le mater, j'ai des doutes.

— J'en ai fini avec les hommes, à chaque fois, ils me brisent le cœur. Maintenant, je ne pense qu'à moi, et comme ça, je fais uniquement ce dont j'ai envie.

Je lui offre le plus éclatant de mes sourires, essayant de dissimuler la douleur qui étreint mon cœur. Cacher mes émotions est devenu mon art secret. Si je n'avais pas cette timidité persistante, je pourrais aisément tenter une carrière d'actrice.

— C'est à toi de décider, mais au cas où tu changerais d'avis, je connais son repaire, lance-t-elle en riant de sa voix qui porte, attirant l'attention des quelques personnes des rayons avoisinants.

Je jette un dernier coup d'œil autour de moi, le visage crispé. Yann n'est plus là. Une pointe de déception s'insinue en moi. Cette envie irrépressible de le voir persiste, mais je me rends compte que cela restera un désir inassouvi.

Les bras chargés, avec Barbara qui me suit de près, je dépose le tout sur le comptoir. L'homme à la caisse s'affaire à préparer un cappuccino pour l'une des personnes assises au bar.

— Salut.

Je me tourne, Yann est juste à côté de moi.

— Salut.

Il scrute Barbara, un sourire aux lèvres.

— Je me disais bien que je t'avais entendue. Ta voix porte tellement, surtout dans un lieu pareil.

Elle rigole et le prend dans ses bras pour l'embrasser.

— Regarde qui est avec moi.

Il se tourne vers moi, ses yeux clairs rieurs me fascinent. Il observe mes trouvailles.

— Intéressant. Je vois que tu apprécies aussi le recyclage, c'est bien.

— Elle adore ce genre d'endroit, comme toi, ajoute Barbara. Et elle aime transformer les objets pour leur donner une seconde vie. Je suis sûre que vous avez plein de choses en commun.

Elle m'adresse un clin d'œil charmant. J'en ris, mais je n'ose pas répondre. La conversation prend une tournure que je ne suis pas certaine de pouvoir assumer.

— Sans doute. Faudra à l'occasion que tu me montres. J'aime beaucoup tout ce qui touche au recyclage.

Mon cœur s'emballe et j'ose à peine soutenir son regard lorsque j'ose enfin lui répondre.

— Je viens juste d'emménager, mais lorsque j'aurai terminé, ce sera avec plaisir.

J'espère qu'il ne remarque pas à quel point je suis intimidée. Sa proximité réveille mes anciens sentiments, un tourbillon d'émotions qui ébranle mes sens. Je me retiens de m'arracher la poitrine pour calmer les battements agités de mon cœur, agacée par ma propre réaction. Une sensation de vulnérabilité m'envahit, accentuant le défi que représente soudainement mon vœu de célibat, comme si chaque fibre de mon être était à fleur de peau.

Il nous dépasse et se dirige vers l'une des tables dans l'espace café.

— Ça vous tente de prendre un thé ?

Barbara m'attrape le bras et m'entraîne avec elle.

— Quelle bonne idée !

CHAPITRE 4

YANN

J e prends place à la première table du café de la recyclerie. Barbara arrive en tirant Ambre par le bras.

— Attends, j'ai toutes mes affaires à la caisse.

— T'inquiète, il va te les mettre de côté.

Barbara la pousse vers moi. Je tire la chaise afin qu'elle puisse s'asseoir à mes côtés et je ne peux m'empêcher de regarder ce joli brin de fille s'installer avec une telle grâce qu'elle me fait penser à une danseuse. Le serveur, qui n'est autre qu'un ami, nous rejoint à la table et dépose sa carte des boissons.

Le doux parfum du café flotte dans l'air, mêlant ses effluves à l'ambiance chaleureuse du lieu. Les murmures des conversations voisines forment une mélodie de fond, ponctuée par le cliquetis des tasses et des couverts.

— Je vais prendre comme d'habitude.

— Ça m'aurait étonné, me répond-il avec une tape dans le dos. Mesdames, je vous laisse regarder.

— Pas la peine d'attendre, ce sera une tisane à la camomille, histoire de changer du café.

— Très bien.

Ambre tend la carte à Jérémie. Ses doigts glissent sur la texture lisse du papier.

— Un thé à la menthe et à la mélisse.

— C'est noté.

Il repart et j'en profite pour observer ces demoiselles quelque peu surexcitées, surtout

Barbara, qui se dandine sur sa chaise comme si elle était assise sur un cactus.

— Est-ce que tout va bien ?

Barbara me fixe. Elle semble vouloir me dire quelque chose. Son regard se porte sur son amie.

— Oui, tout va bien.

Ambre sourit en secouant la tête, le menton baissé.

— Alors, comment une jeune femme peut-elle avoir l'idée de partir vivre toute seule en autonomie ?

Elle ose enfin poser les yeux sur moi. Je note la tonalité de ses iris, mis en valeur par un trait de khôl noir. Son regard captivant laisse transparaître une détermination qui ne manque pas de m'intriguer.

Comment une si jolie fille peut-elle être célibataire ?

Je me surprends à être curieux du charme qui émane d'elle et du projet de vie qu'elle entreprend.

Elle arque le sourcil sans répondre tout de suite. Je prends un air sérieux et me penche sur la table. Je ne veux pas la forcer à se dévoiler mais je lui montre que j'ai vraiment envie d'en découvrir davantage sur elle.

— C'est une longue histoire.

Son sourire, empreint de timidité, illumine délicatement son visage et ajoute une touche envoûtante à sa beauté.

— J'ai le temps, si tu as envie de me raconter.

Elle ne s'attendait visiblement pas à ça car elle plisse le front. J'incline la tête, esquissant un sourire à mon tour.

— Peut-être une prochaine fois. Disons juste que j'ai toujours voulu avoir une petite maison rien qu'à moi au milieu de la nature. J'ai perdu ma grand-mère il y a un an et j'ai commencé à remettre en question toute ma vie. Elle m'a légué de l'argent et un mot qui disait : « *La vie est trop courte pour avoir des regrets. Prends ton courage à pleines mains et fonce réaliser ton rêve* ». Et voilà, quelques mois plus tard, je suis là, avoue t'elle en posant son menton dans sa paume.

Les paroles de sa grand-mère résonnent en moi, pénétrant profondément dans mon cœur. Les regrets me submergent, une vague d'émotions m'envahit. Rester avec mon ex, malgré l'absence d'amour depuis des années, a créé un poids étouffant. C'est un sentiment d'échec en amour qui m'a accompagné pendant trop longtemps. Quelle perte de temps !

— Désolé pour ta grand-mère. De là où elle est, elle doit être fière que tu te sois lancée.

— Je l'espère… Je n'en suis qu'au début, j'ai beaucoup de travail pour mettre en place tout ce que je souhaite créer pour mon autonomie. Mais c'est tellement bon d'être chez soi, et libre.

Ses yeux brillent et sa voix porte un tel enthousiasme que c'en est fascinant.

Jérémie dépose notre commande à table. Je le remercie, puis enchaîne immédiatement avec les questions qui me taraudent depuis que j'ai découvert les projets d'Ambre.

— Par autonomie, tu entends quoi ?

— L'autonomie totale, tant en électricité qu'en eau, et dans la mesure du possible, en alimentation.

— Pour l'alimentation, c'est vrai que cela nécessiterait un terrain plus vaste. Il y a beaucoup de vent là-haut, ce qui rendra difficile la culture de fruits et légumes.

— C'est une réalité à laquelle je n'avais pas pensé quand j'ai été séduite par ce terrain.

— Eh bien, la vue est tellement splendide, je peux comprendre.

Je prends une gorgée de mon café, laissant la chaleur m'envahir. Les arômes riches et profonds enveloppent mes papilles.

— Oui, je pourrais passer mes journées à contempler ce panorama.

— Alors, qu'est-ce que tu envisages comme installations ?

— Mes recherches ne sont pas encore tout à fait bouclées, mais j'aimerais mettre en place un système de récupération d'eau de pluie pour la maison et le jardin, une éolienne individuelle, poser des panneaux solaires pour l'électricité... et incorporer un système de phytoépuration pour traiter les eaux grises.

— C'est fascinant. Et tu comptes réaliser tout cela seule ?

— C'est bel et bien mon objectif, dit-elle avec une pointe de détermination dans la voix.

— Waw, vraiment impressionnant.

Ambre respire l'excitation, son visage rayonne à l'évocation de son projet, et Barbara ne peut cacher son admiration sincère. En tant que spectateur, j'imagine déjà l'ampleur des changements que cela signifiera pour Ambre. Je me demande si elle est consciente de l'énormité des travaux qui l'attendent.

Les rires de Barbara s'entremêlent à la conversation. Elle enserre le biceps d'Ambre de sa main tout en sirotant sa tasse de tisane avec un air amusé. Le parfum apaisant de la camomille flotte dans l'air.

— C'est une force de la nature.

Ambre rit à son tour, balançant sa cuillère dans sa tasse avec une assurance nonchalante. L'effet sonore du métal contre la porcelaine.

— Mes muscles ne sont pas très développés, et ma force est limitée, mais ma motivation est inébranlable, affirme-t-elle d'une voix douce remplissant l'espace.

Barbara, d'une main habile, agite la cuillère dans sa tasse comme une baguette magique. Le tintement délicat résonne.

— C'est le plus important pour réussir. La motivation.

— Je lui ai déjà dit que j'avais des amis prêts à l'aider. D'ailleurs, j'ai prévu de lui présenter certains d'entre eux à la prochaine soirée « barbecue party » ! s'exclame Barbara. Au fait, tu viens nous rejoindre ?

— Simon m'en a parlé, mais je ne pourrai pas. Je vais à la formation à Paris avec lui, il ne te l'a pas dit ?

— Non.

— Quelle sorte de formation ? me demande Ambre, curieuse.

Barbara tape légèrement l'épaule d'Ambre.

— Tu pourras l'expérimenter à l'atelier où je t'ai inscrite.

Elle lève les sourcils, une lueur d'étonnement dans les yeux, sa cuillère suspendue au-dessus de sa tasse.

— Quel atelier ?

Barbara esquisse un sourire malicieux, savourant visiblement l'effet de surprise.

— Bienvenue au club.

CHAPITRE 5

AMBRE

Mars 2023

C'est le week-end, un moment privilégié, du moins pour ceux qui sont liés à une routine professionnelle. Perdue dans mon chalet entouré par les bois, la notion du temps s'estompe. Une étrangeté agréable. Les aiguilles de l'horloge sont remplacées par la progression de la lumière solaire. La nuit, les étoiles scintillent et la pleine lune baigne mon intérieur d'une lueur suffisante, éliminant le besoin d'une veilleuse. Ici, la peur du noir s'est dissipée, le volet reste ouvert, et sur ces hauteurs, je me sens seule au monde, loin du tumulte quotidien.

Mon labeur depuis mon arrivée a porté ses fruits, et une fierté sincère émane de chaque coin de mon refuge. J'aurais aimé partager ce succès avec mes parents, mais je sais que leurs espoirs diffèrent de ma réalité. Les aménagements intérieurs, reflet de mon style de vie, sont achevés. Un espace où je me sens chez moi.

Dans ma chambre, un lit en pin massif, d'antan, revêtu de draps de coton blanc d'une douceur exquise. Un plaid, fruit de ma propre création, m'apporte chaleur et réconfort, remplaçant l'absence d'une présence aimante dans mon lit. Une table de chevet, surmontée d'une lampe en laiton, crée un coin lecture sympa. La lecture, ma passion ultime.

Au rez-de-chaussée, une cuisine minimaliste se dessine avec un meuble de récupération servant de rangement pour mes conserves, surplombé d'un évier blanc en céramique. Une étagère brute, taillée dans le bois, confère une touche rustique à l'ensemble. Des verres et bols aux couleurs éclatantes illuminent l'espace. Les assiettes suspendues aux lambris révèlent une astuce d'organisation. À droite, un buffet accueille mes provisions et ustensiles.

Pendant que les premiers rayons de soleil filtrent à travers la baie vitrée, je m'installe confortablement dans un coin de la pièce, un carnet de notes à la main. Mes pensées s'échappent en griffonnant des idées pour les prochains projets, envisageant les changements à apporter à mon petit coin de paradis. Le calme et la sérénité imprègnent chaque geste, chaque décision. Un mélange minimaliste et montagnard qui respire la quiétude et la simplicité.

***

Le soleil s'incline gracieusement, étirant son ombre à travers la baie vitrée. Un signe évident pour moi de préparer mon sac à dos. J'y fourre une salade composée, cadeau de ma charmante voisine, une bouteille de jus de fruits dénichée au marché matinal et, par mesure de prudence, un gilet en laine au cas où la soirée se révèle plus fraîche que prévu.

N'ayant guère envie de retarder l'aventure, je décide de me rendre chez Barbara sans l'attendre. Descendant mon allée, j'atteins la porte bleue de sa maison. La mère de Barbara m'ouvre et appelle aussitôt sa fille, qui prend l'escalier grinçant à une vitesse vertigineuse. La maman, toujours aussi charmante, se retire, laissant place à la superbe Barbara qui m'attrape le bras en passant. Un rapide au revoir à sa mère, et comme à son habitude, elle dévale les marches à un rythme effréné.

Le toucher de sa main sur mon bras me transmet son énergie exaltée, tandis que mes yeux s'imprègnent de la chaleur du crépuscule qui se dessine. Les éclats de son rire résonnent dans l'air, ajoutant une note de joie à l'environnement. Un parfum printanier flotte dans le crépuscule, mélangé aux senteurs boisées de la forêt qui se profile devant nous.

— Doucement, tu vas m'épuiser avant qu'on atteigne le chemin de randonnée.

— Allez ma belle, ils sont déjà tous là-haut en train de préparer la soirée, me répond-elle en tirant davantage sur mon bras.

— C'est bon, j'arrive.

Enfin, je vais rencontrer la bande des Loustics, le clan des jeunes du village. Un nom plutôt curieux pour un groupe d'amis.

Le chemin de randonnée commence en bas du village, juste derrière l'église. Nous traversons une prairie, puis deux, longeons brièvement le bord de la forêt pour parvenir à un sentier escarpé.

— Tu es sûre de toi ?

— Bien sûr ! Tu crois quoi, je suis née ici !

— Finalement, je devrais peut-être m'acheter des chaussures de marche, parce qu'avec mes baskets, je ne suis pas certaine de passer.

— Qu'est-ce que tu racontes, lève les pieds au-dessus des ronces.

Je m'exécute, tentant de dompter mes baskets récalcitrantes au milieu des épines, tandis que Barbara glousse de ma maladresse. La randonnée s'annonce déjà comme une aventure pleine de surprises.

La montée s'étire plus longuement que prévu, chaque pas se faisant sentir dans mes mollets.

— Je comprends mieux pourquoi tu voulais partir si tôt.

— Faut t'habituer, ici tout se mérite.

Sa voix est légèrement essoufflée mais teintée d'une taquinerie subtile. Ses rires, complices de chaque foulée, rythment notre ascension. Je ne peux m'empêcher d'observer avec admiration la grâce avec laquelle elle gère la pente. Le contour de ses jambes galbées me fait intérieurement sourire, nourrissant secrètement l'espoir de voir les miennes m'offrir des résultats similaires après quelques mois d'activité entre vélo et marche. Avec cette perspective, de belles gambettes semblent être à portée de pas.

Après vingt minutes d'ascension, exténuée, mes chaussures et mes chevilles témoignent des agressions des ronces. Une petite glissade sur les rochers provoque une douleur fugace dans mes fesses déjà endolories. Enfin, nous atteignons un chemin plat. Au loin, une musique, transportée par le vent, se mêle au murmure des feuilles, apportant un soulagement bienvenu après l'effort. La montée m'a fait transpirer et à présent, la fraîcheur de la brise semble revitalisante. Mais ce n'est peut-être pas l'idéal avant une soirée.

Quelques mètres encore, et une lueur se fraie un chemin à travers la végétation. Un brouhaha de voix nous annonce que nous sommes arrivées et l'ampleur de la foule dépasse mes attentes. Je scrute le groupe et une légère déception perce mon cœur. Yann n'est pas là. Un coin de ma tête espérait qu'il manquerait sa formation pour être avec moi. L'espoir tenace de captiver son attention persiste, même après toutes ces années.

La panique m'étreint lorsque vingt paires d'yeux se tournent brusquement vers nous. Les doigts de Barbara, empreints de taquineries amicales, viennent me chatouiller les flancs. Elle glisse un bras dans mon dos, se collant à moi. Mon cœur s'emballe à mesure que tout le monde se retourne et son geste impulsif me coupe momentanément le souffle, écrasant ma poitrine. Mon visage, déjà rouge d'effort, atteint une teinte inédite. Des regards scrutateurs me détaillent de la tête aux pieds.

— Qu'est-ce que je fais là ? Je n'aurais jamais dû accepter.

Mon esprit s'égare dans le doute alors que l'anxiété me gagne.

Des salutations inondent la zone, créant un joyeux vacarme.

— Hey les z'amis, je peux enfin vous présenter mon amie Ambre, interpelle-t-elle d'une voix haute et forte.

— Enfin ! répondent-ils en chœur.

Un mélange confus de « salut » et de « bienvenue » m'accueille, enveloppant la scène d'une chaleur humaine qui fait fondre un tiers de mon stress. Je reste légèrement en retrait, tentant de respirer calmement pour dissimuler toute trace de mon anxiété face à ces inconnus. Voyant mon expression se décomposer, Barbara m'attrape par la main et me tire vers elle.

— Ça va aller, je suis là.

Ses yeux verts me lancent comme un sourire apaisant.

— Je sais, mais c'est toujours comme ça. J'ai le cœur qui palpite, l'impression que quelqu'un m'écrase la poitrine. Je me demande si c'était une bonne idée de t'accompagner. J'aurais peut-être dû rester chez moi.

— Arrête tes bêtises, tu ne peux pas refuser toutes mes propositions. À un moment donné, il faut se faire des amis. Hommes et femmes.

Elle tire sur ma main et me donne un coup d'épaule affectueux.

— Tu ne peux pas rester seule dans ton coin. La vie est quand même plus sympa lorsqu'on est bien entouré.

Elle m'enlace tandis que ses amis retournent à leurs discussions. Je me laisse bercer. C'est si réconfortant. Son parfum délicieux à la framboise ouvre grand mon appétit.

— C'est bon, tu te sens mieux ? demande-t-elle, son sourire chaleureux s'étirant davantage.

— Ça va un peu mieux, oui.

— Super, allez, c'est parti mon coco.

Rien que cette phrase me redonne le sourire et la motivation pour affronter ce qui me terrifie tant : les autres.

Barbara m'amène vers la gauche pour entamer les présentations. Un homme d'une trentaine d'années, probablement le doyen du clan des Loustics, se tient là. Grand et fin comme une perche, son accent alsacien prononcé trahit ses origines locales.

— Alors, voici Albrecht, le fondateur des Loustics.

Il me dévisage comme si j'étais une créature venue d'une autre planète. Serait-ce la première fois qu'il voit quelqu'un qui ne vient pas de la campagne ? Barbara lui fait la bise et je fais de même.

— C'est lui qu'il faut voir si tu as besoin de quelque chose.

Elle rit et ajoute :

— Il sait tout sur tout, son surnom est Biblio.

Il lève un sourcil, effaçant son sourire, puis se joint à Barbara dans l'éclat de son rire communicatif.

— N'hésite pas à venir vers moi, je connais tout le monde dans le coin. Bibi m'a expliqué ton projet, alors s'il te faut du matériel, de l'aide pour tes travaux, je suis là.

Ah, d'accord, c'est pour cela qu'il me regarde ainsi. Il doit se dire : *Encore une de ces citadines qui veut tenter l'autonomie alors qu'elle n'y connaît rien.*

Je soupire lorsque Barbara lui demande :

— Ben justement, comme tu le proposes, elle aurait bien besoin d'un coup de main pour créer sa forêt comestible. Elle voudrait se lancer dans la permaculture pour être autosuffisante en alimentation.

— Pas de souci, si tu veux, on en reparle dans la soirée.

— J'en serais enchantée.

Ce sera l'occasion de lui montrer que même si je viens de la ville, j'en connais un rayon sur le sujet. J'ai passé des mois à me former.

Barbara empoigne ma main et m'entraîne vers le plus bel humain que j'aie jamais vu. Un homme à peine plus grand que moi aux yeux bleus perçants. Ses cheveux mi-longs et ondulés d'un noir absolu brillent majestueusement dans l'intensité des flammes du feu de bois. J'en ai le souffle coupé.

— Salut, lance-t-il, un sourire charmeur aux lèvres. Je suis Joël, le musicien du groupe. On m'a dit que tu venais de la ville. Ça doit être passionnant d'habiter dans une grande métropole.

L'odeur du feu de bois chatouille agréablement mes narines, mêlée aux fragrances de la nature environnante. Les crépitements du feu se mélangent aux rires et aux murmures des conversations. Une expérience sensorielle qui donne le ton à une soirée prometteuse.

Barbara se penche vers mon oreille et chuchote :

— Attention, celui-là, c'est un coureur.

Je hoche la tête.

Un si bel homme, tu m'étonnes.

Elle l'embrasse sur les joues et me tire vers lui. Il est vêtu d'un jean gris foncé troué au genou et d'une chemise noire aux manches courtes laissant apparaître son bras gauche complètement tatoué. Il passe une main dans ses boucles, me sourit et s'avance vers moi. Il embrasse délicatement ma joue. Son souffle chaud effleure mes lèvres. La peau de sa joue caresse ma bouche et ses lèvres plongent à nouveau sur ma joue opposée. Je fonds.

Non, mais qu'est-ce que je fais ?

Je fais un pas en arrière et lui souris bêtement. Barbara arbore le plus long de ses sourires, affiché jusqu'aux oreilles.

— C'est mon cousin, Joël, rigole-t-elle. C'est le musicien de la famille.

— Un musicien, ce doit être génial de savoir jouer d'un instrument.

— Si tu aimes la musique, à l'occasion je pourrais te donner des cours.

Barbara lui donne un coup de coude dans les côtes.

— On va se calmer tout de suite.

Joël lui jette un regard dévastateur.

— Je lui ai juste proposé un cours de musique.

— Bien sûr, on sait très bien ce que ça veut dire lorsque c'est toi qui le proposes.

Il s'approche à nouveau de moi. Sa chaleur m'enveloppe. Le musc de son odeur éveille mes sens. Sa peau douce comme celle d'un bébé me caresse la joue lorsque ses lèvres s'avancent vers mon oreille.

— N'écoute pas tout ce qu'elle raconte. Elle ne me connaît pas aussi bien qu'elle le pense.

Non, ne craque pas, m'insuffle mon cerveau, le seul compétent en un tel moment.

Joël me lance un clin d'œil audacieux et je réalise que cette soirée risque d'être bien plus animée que je ne l'avais imaginé. Il s'éloigne vers Albrecht.

Une tape dans le dos me ramène sur terre. Barbara, toujours aussi impatiente, trépigne d'envie de me présenter le reste de la bande.

Une fois les présentations terminées, il ne reste plus qu'une femme assise sur un tronc d'arbre, juste devant le feu. Son aura est impressionnante, tout comme sa simplicité naturelle. Vêtue d'une longue robe en coton à fleurs beiges, les cheveux bruns relevés en un chignon décontracté, son regard marron respire la douceur. À notre approche, elle se lève et m'enveloppe directement dans ses bras. Sa respiration est calme, et en quelques souffles, la mienne se synchronise spontanément avec la sienne, créant un merveilleux battement de cœurs. Comme par magie.

Une voix forte me tire de ce moment de bien-être
:

— Je te présente Charlotte. Elle est notre source
d'inspiration, la muse du groupe.

Elle relâche son étreinte et je fais un pas en arrière,
le visage affichant un sourire béat, tandis que le sien
rayonne.

— Je comprends tout à fait.

Nous prenons place à ses côtés. Le feu crépite, et
un barbecue improvisé sur les rochers laisse
s'échapper des senteurs qui me rappellent l'époque
où je mangeais encore de la viande et profitais des
feux de bois sur les plages du Sud.

Malgré les tentations alléchantes de saucisses au
fromage et de merguez, je campe bon sur mes
principes végétariens. J'apprécie trop les animaux
pour les manger. Heureusement, Charlotte est du
même avis et a également apporté son repas
végétalien : une salade composée de légumes de
saison provenant de son potager.

Barbara consulte son téléphone tout en tenant
une baguette dans laquelle elle a caché une saucisse
au fromage.

— Des nouvelles de Simon ?

— Non, il doit être trop fatigué après une journée de cours.

Son sourire s'efface légèrement, et elle range son téléphone dans son sac à dos.

— Allez, ce n'est pas grave, je le verrai demain soir.

Elle me sourit.

— De toute manière, j'ai déjà réglé ça avec lui pour organiser un repas vendredi prochain et devine quoi ? Yann sera de la partie... Pas d'échappatoire autorisée.

Ses yeux se plissent et sa moue est à croquer.

— Je ne suis pas certaine d'être à l'aise s'il y a Yann. Il risque de remarquer que je craque pour lui et je ne veux vraiment pas que ça arrive.

— Allez, ma belle, ça va être génial.

— Peut-être une autre fois.

La tête de Charlotte suit notre conversation avec enthousiasme, les yeux grands ouverts pour ne rien manquer. Elle enfourne une bouchée de sa salade au passage, la mâche avec soin, puis me lance une question pleine de curiosité :

— Tu es intéressée par Yann ?

À mon tour, je prends une bouchée de mon repas, répondant d'un ton aussi neutre que possible :

— Moi ? Non, pas du tout.

Quelle vilaine menteuse je fais. Je sens la chaleur envahir tout mon visage. Mes joues doivent être pourpres. Elle m'observe d'un œil taquin.

— Ton non veut tout dire. C'est un mec bien, mais attention, il faut prendre soin de lui, il a beaucoup souffert avec son ex.

Mes yeux s'écarquillent. L'émotion prend le pas sur moi, oscillant entre une pointe de jalousie et un sourire complice. Une autre fille a eu le privilège d'être avec lui. Et elle lui a brisé le cœur ?

— Ah bon ?

J'avale difficilement ma salive. Ma mâchoire se crispe.

— Charlotte le connaît mieux que moi, elle est tout le temps au centre pour participer aux cours de yoga et de méditation. Et lorsque j'y passe le week-end, il se fait discret, ou il part pour nous laisser avec Simon en amoureux.

— Ils habitent tous les deux au centre de yoga ?

— On peut dire ça. En fait, c'est un peu plus qu'un centre de yoga.

— C'est plutôt un centre de relaxation et de mieux-être, enchaîne Charlotte avec une voix pétillante. Il y a un peu de tout ce qui touche au bien-être holistique. Ils sont plusieurs thérapeutes.

— Holistique ? Ça veut dire quoi ?

Les têtes de Barbara et Charlotte se tournent vers moi. Je deviens le centre du monde. Celle qui a osé poser la question qu'il ne fallait pas ?

— Tu sais qu'on est faits d'énergie ? Que tout l'univers est de l'énergie ?

— Euh, si tu le dis.

Le sourcil de Charlotte remonte et ses yeux s'écarquillent.

— Je sens qu'on va passer du temps ensemble, ma belle. Je vais essayer de faire simple.

Elle fixe le feu pendant un instant puis renchérit :

— À l'occasion, on effectuera un exercice pour que tu puisses ressentir l'énergie. Alors euh ... « Holistique » veut dire « dans sa globalité ». C'est-à-dire que lorsque tu vas suivre une séance chez un thérapeute, pour l'exemple, hein…

Son regard se fige sur moi.

— Il ne va pas juste chercher à faire disparaître un symptôme, une douleur, mais un bon thérapeute va prendre tout ton être en considération. C'est-à-dire autant sur le plan physique qu'émotionnel, mental et énergétique. Tu n'es pas seulement un corps matériel, tu es bien plus que cela.

Je la regarde, stupéfaite. Je tente de comprendre mais pour le moment, tout cela me semble bien trop abstrait.

— OK.

— Je vois que tu n'es pas convaincue. Prenons un exemple. Lorsque tu as mal quelque part, est-ce que l'un de tes premiers gestes est de poser ta main dessus ?

Mon cerveau est en ébullition, je cherche en moi la bonne réponse. Mon attention se porte sur le dernier souvenir que j'ai de mes règles. Mes règles sont monstrueuses et je souffre la mort à chaque fois. Effectivement, je me rapelle que je pose mes mains sur le bas-ventre et que ma main gauche a tendance à surchauffer. Ce qui me soulage un peu.

— OK, je vois ce que tu veux dire… je crois.

— Super. On a tous cette énergie en nous, certains l'a nomment le « magnétisme » d'autres, « l'énergie universelle ». Et pas besoin de payer des cours une fortune pour l'utiliser ! Naturellement, lorsqu'on a mal, on pose nos mains pour aider à soulager la douleur. Et tout se fait tout seul.

Barbara s'impatiente à côté de moi. Et comme elle adore le faire, elle me donne un coup de coude dans le bras pour me rappeler qu'elle attend une réponse.

— Allez, dis-moi que tu viens.

Je me penche vers elle et elle en profite pour me frotter le dos vigoureusement.

Le feu continue de danser, projetant des ombres mouvantes qui semblent narrer les histoires enfouies au cœur de la forêt. Cette soirée prend une tournure imprévue, entre rires, discussions animées et révélations sur le bien-être holistique. Et moi, au centre de ce tourbillon, je m'apprête à découvrir un nouveau monde, empreint de mystère et de sagesse.

— C'est bon, je viens.

CHAPITRE 6

Le ciel, d'un bleu turquin profond, ressemble à une œuvre d'art. Mon téléphone, aussi fiable qu'un parapluie suisse en plein désert, prédit une journée nuageuse sans pluie.

Est-ce que je lui fais confiance ? Il se plante tout le temps.

Ce microclimat local est le talon d'Achille de mon projet d'autonomie alimentaire. Depuis que je suis arrivée ici, je me rends compte que le temps n'est pas du tout le même qu'en bas, dans la vallée. J'observe une énième fois ce ciel qui ne m'inspire pas vraiment, mais je n'ai pas trop le choix. Si je veux manger cette semaine, je dois enfourcher mon destrier à deux roues et affronter le monde extérieur avec autant d'enthousiasme qu'un chat perché dans un arbre. Je soupire longuement et franchement, l'envie de pédaler jusqu'au marché n'est pas là.

Allez satanée motivation ! T'as pas le choix, de toute manière.

Après avoir épuisé toutes les excuses possibles pour éviter ce périple à vélo, la raison – et l'estomac qui gargouille – me force à chausser mes baskets pour en découdre avec la route. Non sans peine, j'atteins le village une trentaine de minutes plus tard. Mes cuisses ne hurlent pas autant qu'à l'accoutumée, alors techniquement, je progresse. C'est ma petite victoire personnelle, c'est ça de gagné aujourd'hui. Je détache mon cabas du vélo et l'emporte pour y ranger mes provisions.

— Vous voyez ? Vous devriez vous abriter quelque part, ce n'est pas une bonne idée de rentrer maintenant.

— Ça va aller, je vais me dépêcher.

— Faites attention.

— Toujours.

Je ferme les boutons de ma veste en jean malgré la chaleur qui émane de ma peau, résultat de mon périple à vélo. Je le salue d'un geste de la main.

Mon fidèle destrier à deux roues est à quelques mètres de là, posé contre le muret de la maison qui fait le coin. J'attache mon cabas, et je me lance dans le chemin du retour. La pluie se renforce, un souffle d'air froid commence à me donner des frissons dans le dos.

Quelle idée de ne pas avoir de K-way. C'est un investissement que je vais sérieusement considérer pour les aventures pluvieuses à venir.

De minuscules grêlons dansent sur la route, chatouillant ma nuque. Peut-être aurais-je dû prendre au sérieux cet avertissement météo. Ignorant la sagesse rétroactive, je décide de redoubler d'efforts pour rejoindre au plus vite mon chez-moi, pédalant à la limite de mes capacités. Les grêlons, obstinés, s'acharnent à balayer la route, et le stress grimpe en flèche. À mi-chemin, il n'y a plus de marche arrière possible. Je dois pédaler jusqu'à la maison. Mon souffle est haletant, mon corps se réchauffe malgré le froid qui s'infiltre sous mes vêtements. Une légère brume s'élève de la route, le sol brillant sous les grêlons fondants. J'affronte ma dernière descente lorsque mon pneu arrière glisse dans un virage. Je freine, tente de redresser le guidon, en vain. En quelques secondes, je suis entraînée dans le fossé, ma tête heurte le premier sapin sur mon chemin et mon vélo s'arrête sur moi. Etourdie, la tête douloureuse, le bruit incessant des grêlons semble amplifié dans ma conscience. Combien de temps suis-je restée là, allongée contre cet arbre ? Ma main protège désespérément mon crâne, cherchant refuge contre les grêlons insistant. Je n'ai plus de force, mon corps implore la clémence. La pluie s'abat de plus en plus intensément. Du sang macule mon genou, que je devine à travers le déchirement de mon jogging.

Aïe !

Un cri s'échappe de ma bouche quand j'essaie maladroitement de relever mon vélo.

Comment vais-je réussir à rentrer dans cet état ?

Mon satané vélo résiste à mes efforts. Mon genou hurle de douleur à la moindre tentative de mouvement. L'humidité me plonge davantage dans la boue, les grêlons orchestrent une symphonie de douleur dans tout mon être. La force me fait défaut, mon esprit semble inerte. Ma concentration se dérobe, ne laissant place qu'à une envie de crier.

Malgré le vacarme environnant, un crissement de pneus me fait sursauter violemment. Mes yeux rougeoyants, tentant de percer l'obscurité, cherchent à comprendre la situation. Les phares d'une voiture découpent la brume, éclairant l'arbre contre lequel je suis coincée. Heureusement, cet engin semble ne pas glisser à son tour, stoppant à un mètre, peut-être deux, de moi. Les warnings clignotent, illuminant la scène d'une lueur intermittente. J'essaie de lever les yeux, mais les grêlons me martèlent avec une telle fureur que cette simple action devient une épreuve. Le poids sur mes cuisses et mon abdomen diminue soudainement. Mon vélo se soulève, atterrissant dans un fracas métallique à côté du sapin. Une main se tend vers mon visage, mais ma tête refuse obstinément de coopérer. L'incertitude m'envahit, quoi faire de mes membres endoloris ? Une voix étouffée par le vacarme, tente de m'interpeller.

— Attrape ma main.

Apathique, je ne réagis pas. Mon corps décline, ne laissant transparaître que de légers tremblements. La silhouette se rapproche, s'appuyant d'un bras contre l'arbre, tandis que l'autre m'enserre par la taille, me soulevant et m'amenant vers elle.

— J'ai besoin que tu m'aides pour ressortir du fossé, OK ?

Une voix masculine, étrangement familière, perce le tumulte. D'un geste assuré, il remonte la pente tout en me tirant à sa suite. Je pousse le sol de mon pied valide, émettant un couinement involontaire à chaque mouvement. La douleur est atroce. Lorsque nous retrouvons le bitume, il me prend dans ses bras avec une prévenance rare, me portant jusqu'à son véhicule. Les clignotants s'affolent, signalant le danger.

Les grêlons, infatigables, continuent leur assaut. Il m'aide à m'installer dans la voiture et referme la porte promptement. Alors qu'il prend place derrière le volant, ses vêtements dégoulinent d'eau, souillés de terre et de brindilles. Ses cheveux s'écoulent sur son visage, sa chemise collée à son torse révélant une musculature digne d'un héros de film d'action. Des yeux clairs, magnifiques, m'observent avec tendresse, traduisant son inquiétude.

CHAPITRE 7

À l'instar de mon frère, l'univers féminin me semble être un dédale incompréhensible. Je n'ai eu qu'une expérience, sept longues années avec une femme qui m'a vidé de tout ce que j'avais de bon en moi. Elle m'a pris mon argent, ma fierté et même ma dignité. Après deux années en solo, me voilà à bord de la même voiture que la femme qui hante mes rêves depuis notre dernière rencontre.

— Est-ce que ça va ?

Aucun son ne franchit les lèvres de ma passagère. Inconsciemment, je retiens mon souffle, accroché à l'attente de sa réponse. Cela ne devrait pas revêtir une telle importance pour moi. Et pourtant, c'est le cas.

La voiture est immobilisée au beau milieu de la route. Nous ne pouvons pas rester là, le risque d'une collision avec un autre conducteur est trop élevé. Elle semble être en état de choc. Les grêlons déchaînés cassent des branches, le vent s'acharne sur le pare-chocs et la voiture tangue. Un son strident résonne à l'extérieur.

Son visage est livide, ses longs cheveux lui collent au corps. Ses vêtements dégoulinent sur mon siège en cuir. Elle frissonne. J'active le chauffage à fond et déplace le véhicule sur le bas-côté, à l'opposé du précipice. Le moteur ronronne, prêt à reprendre la route. Je l'observe une dernière fois et note que son pantalon est déchiré, elle est blessée. J'ai de quoi la soigner au centre.

— Ambre, je te ramène avec moi.

De la vapeur commence à s'élever de nos peaux, recouvrant les vitres de condensation, créant une intimité fugace dans l'habitacle. Sa blessure semble superficielle. Décidé à ne plus attendre une réponse de sa part, je l'emmène au centre.

Un kilomètre plus loin, nous empruntons un chemin forestier qui s'enfonce dans les bois. Ambre regarde par sa fenêtre et je perçois un frémissement.

— Je te conduis au centre, c'est ce qu'il y a de plus proche, et j'ai tout ce qu'il faut pour soigner ton genou.

Elle tourne la tête vers moi puis incline son menton vers le bas. Avec précaution, elle écarte les morceaux de son jogging pour inspecter l'étendue des dégâts.

— Si tu préfères, je peux t'amener aux urgences, mais c'est à une heure d'ici.

Son regard se porte à nouveau sur moi.

— Je ne veux pas aller à l'hôpital.

Je soupire.

— Enfin tu me réponds, j'allais commencer à m'inquiéter.

La voiture semble danser sur les gravats qui parsèment le chemin de terre. Nous passons à côté du panneau du centre, sobrement intitulé « Aux portes de Gaïa ».

Quelques mètres plus loin, je m'arrête juste devant la porte menant à la cuisine et à la partie résidentielle de ce vieux corps de ferme. La respiration d'Ambre est saccadée, elle peine à reprendre son souffle. Son corps frissonne.

— Ça va aller ?

Elle pivote sur son siège pour me faire face. Ses lèvres arborent une couleur bleutée et son teint est aussi pâle qu'un drap.

— J'ai froid.

L'abattement transparaît dans l'intonation de sa voix, malgré ses efforts pour le dissimuler. Sa mâchoire est crispée et je remarque que son diaphragme semble bloqué. D'une main, je replace derrière son oreille une mèche dégoulinante qui colle à sa joue. Un léger sourire ranime son visage.

Revenant à la réalité, j'analyse la situation.

— Il va falloir faire vite. Je sors, et je t'ouvre la porte. Je t'attrape et te porte jusqu'à l'entrée, OK ?

Elle hoche la tête. Je pose les clés dans sa main.

— C'est toi qui vas ouvrir, ce sera plus simple.

Les grêlons ont cessé, laissant place à une pluie battante. Avec hâte, je me précipite de l'autre côté de la voiture. D'une main, je plaque mes cheveux en arrière et de l'autre, j'ouvre la portière. Je soulève Ambre de son siège en glissant mes bras sous ses cuisses et son dos. Elle s'accroche à moi, posant sa tête contre mon épaule. Son souffle chaud dans mon cou déclenche une montée de chair de poule. Ma chemise est collée contre ma peau. Je la sens si proche, si fragile. Elle frissonne et mon corps réagit au sien.

Elle enfonce la clé dans la serrure, et je pousse la porte de verre si fortement qu'elle cogne contre le mur en s'ouvrant. D'un coup de pied, elle se referme derrière nous. Je pose Ambre sur l'élément le plus près, l'îlot de la cuisine. Mes yeux se plongent dans les siens, captivés par de petites taches semblables à des étoiles d'or, qui me font frémir. Ils sont magnifiques.

— Je vais chercher la trousse de secours.

J'ouvre le placard de l'entrée, mais je ne peux m'empêcher de l'observer à nouveau. Incapable de détourner mon regard de cette femme qui chamboule tout en moi depuis notre échange à la recyclerie.

Pourquoi cette fille que je connais à peine me trouble à ce point ?

Mallette rouge en main, j'entends son soupir au moment où je m'approche d'elle. J'attrape une serviette sous l'îlot et la lui donne pour qu'elle puisse s'essuyer le visage et les cheveux.

— Je peux regarder ton genou ?

Je remarque son air inquiet.

— J'ai une formation de secourisme. Avec tous les gens que l'on accueille ici, il le fallait bien. Juste au cas où.

— J'espère que je ne suis pas ta première patiente, dit-elle en m'aidant à écarter la déchirure du jogging, laissant apparaître sa peau déchiquetée par l'impact contre le bitume.

J'ouvre la mallette pour en sortir le désinfectant, une paire de ciseaux et une bande.

— Alors ? commence-t-elle à prononcer lentement, ce qui attire mes yeux vers ses lèvres expressives.

Ce doit être la plus belle femme que j'aie jamais rencontré. Et pourtant, des femmes, cela ne manque pas dans les ateliers de méditation que je propose au centre. Je la connais à peine, mais mon attraction pour elle est flagrante et j'ai du mal à la dissimuler.

Son sourire refait surface, et ses joues commencent à reprendre de la couleur.

— Vous pensez que c'est grave, docteur ? s'amuse-t-elle à me demander.

— Ça n'a pas l'air trop méchant. Tu vas certainement avoir du mal à marcher pendant quelques jours.

— Je me doute, c'est tout juste si j'arrive à bouger la jambe.

— Tu auras sûrement un bel hématome demain.

Son corps continue de trembler, et pourtant, je vois bien qu'elle essaie de le cacher.

— Tu devrais laisser ton corps s'exprimer. Avec ce que tu viens de vivre, il a besoin de relâcher la pression.

Je désinfecte son genou. Elle me regarde faire, grimaçant, mais pas un seul son de douleur, ni de larmes ne sort d'elle.

— Tu sais, c'est comme les animaux. Lorsqu'une souris se fait chasser par un chat, elle fait semblant d'être morte, et très souvent, c'est ce que croit le chasseur. Alors ça ne l'intéresse plus.

Je relève la tête et constate qu'elle est attentive à mon histoire. Je continue :

— Et que fait la souris une fois que le chat est parti ?

— Elle meurt sous le choc ?

Je ris.

— OK, ce n'est pas le bon exemple. J'aurais dû prendre une biche et un chasseur comme exemple. Normalement, l'animal va se mettre à trembler de tout son corps.

J'imite l'animal, déclenchant un fou rire général.

— Allez, j'arrête de faire l'idiot. En fait, un animal va instinctivement se mettre à trembler pour se décharger du stress émotionnel qu'il vient de vivre. Chez nous, on nous habitue dès notre plus jeune âge à ne rien laisser paraître, et surtout pas nos émotions. Comme si c'était mal. Mais non !

Son visage s'illumine. Mon histoire semble fonctionner, elle ne pense plus à sa douleur.

— Si on ne se permet pas de se décharger comme le corps le demande, cela peut se manifester par des tremblements, mais aussi par le besoin de pleurer, de crier.

Elle m'interrompt et ajoute d'un ton ironique :

— Ou peut-être que j'ai juste froid.

— C'est sûr, tu es gelée, mais je crois quand même qu'il y a un peu des deux.

Je lui montre les ciseaux. Son visage se crispe.

— Tu veux faire quoi ?

— Il faudrait que je coupe ton jogging, ou bien …

Elle m'arrête net.

— Je vais plutôt l'enlever.

— OK.

Elle soulève le bassin du plateau de l'îlot, et tente de descendre en couinant.

— Aïe.

— Attends, je peux t'aider ?

Elle hoche la tête. Je m'avance vers elle, glisse mes mains sur ses fesses pour tirer son pantalon récalcitrant vers le bas tandis qu'elle se soulève en poussant sur ses bras. Mes doigts caressent ses jolies courbes et glissent le long de ses cuisses, ses mollets, en prenant soin de ne pas toucher son genou mal en point. Je me mets à ses pieds pour faire passer le tissu au niveau de son cou-de-pied. Je remonte et pose son jogging dans l'évier. Son visage est rouge écarlate.

— Un vêtement mouillé en moins, comme ça tu auras déjà moins froid.

Elle ose à peine me regarder. Je veux lui dire qu'elle n'a pas à avoir peur de moi, mais quelque chose m'en empêche. L'expression qu'elle arbore… peut être teintée de regrets. De tristesse. Je me sens pris au piège par mes sentiments, et c'est tout ce que je déteste.

Je me poste face à elle, et termine de soigner son genou.

— Pour revenir à mon histoire… Si on ne se décharge pas des émotions que l'on a chaque jour, eh bien ce sont des charges qui vont stagner dans notre corps et notre champ énergétique. Avec le temps, cela peut créer divers symptômes qui vont nous pourrir la vie et cela peut même aller jusqu'à nous rendre gravement malades… D'où l'importance de laisser son corps faire. Donc si ton corps tremble, laisse-le trembler. Si tu as envie de hurler, ben, fais-le, mais préviens-moi avant, que je me bouche les oreilles.

Mon visage remonte vers ses yeux.

— Voilà, j'ai fini. Ton bobo est bandé, maintenant il faudra juste faire attention de ne pas trop bouger la jambe.

— Merci, docteur.

Ses yeux, moins rouges qu'à notre arrivée, tentent de dissimuler la fatigue et la tension. Son sourire est devenu mutin, et ses longs cheveux châtains ressemblent à une cascade qui s'arrête au sommet de la courbe de ses fesses que je prends plaisir à observer en refermant la mallette. Sa veste dégoulinante est déposée dans l'évier. Son t-shirt blanc moule à merveille ses formes délicates, laissant transparaître sa poitrine menue. Elle exerce une attraction magnétique sur moi, une force à laquelle je peine à résister. C'est la première fois que je ressens une telle attirance pour une femme, une sensation nouvelle que je m'efforce de réprimer.

Arrête d'être con, tu as assez donné comme ça. Les femmes, c'est fini !

Je me dirige vers la blessée tout en prenant soin de ne pas la dévorer des yeux. Elle se tient droite, les yeux dans le vague, une main posée sur sa cuisse et l'autre touchant son front. Je vois que ses doigts sont ensanglantés. Quelque chose ne va pas. J'attrape le flacon de désinfectant, de la gaze et je m'approche de son visage.

— Tu es blessée à la tête ?

Elle regarde ses doigts, le sang qui les recouvre.

— Je me suis cognée à l'arbre.

— Laisse-moi voir.

Elle tourne le visage. Ce que j'examine me retourne l'estomac.

Pourquoi ne m'a-t-elle rien dit ? Et si c'était grave ?

Une plaie laisse apparaître un peu de sang. Je la nettoie.

— Est-ce que tu as la tête qui tourne ? On devrait peut-être aller à l'hôpital.

Son regard trahit une pointe d'appréhension, mêlée à une émotion que je ne peux définir. Elle se retire brusquement de mes mains.

— Non, je ne veux pas y aller.

— C'est la tête, c'est peut-être grave ?

Elle prend la gaze et la pose seule, comme une héroïne déterminée à affronter son pire ennemi : le bobo.

— Ça va aller, me dit-elle d'un ton sec.

Il n'est pas question que je la laisse faire. J'applique du désinfectant sur une gaze propre et retire sa main pour la remplacer par la mienne. Ses yeux s'écarquillent, sa bouche se pince, mais elle ne recule pas.

— Je ne suis pas médecin, et je ne veux surtout pas te faire prendre de risques.

— J'ai juste la tête qui bourdonne, ça ira mieux demain.

Elle secoue la tête tout en tentant de descendre de l'îlot. Mais, plus rapide que l'éclair, je l'attire dans mes bras avant qu'elle ne puisse fuir. Sa douce chaleur humide, la pression de sa poitrine contre mon torse, son bas-ventre contre le mien, elle est simplement parfaite pour moi. Mes sens s'embrasent, comme si le moment était un feu d'artifice sensoriel.

Elle me pousse en arrière et me regarde droit dans les yeux. Se mord les lèvres, mais reste immobile, positionnée sur sa seule jambe valide. Mon front se plisse et ma mâchoire se serre. Je peux sentir une tension palpable dans l'air.

— Dans ce cas, tu restes ici jusqu'à demain, je ne vais pas te laisser seule dans ton chalet, lui dis-je en espérant qu'elle ne s'y oppose pas.

— Ce n'est pas une bonne idée, il vaut mieux que je rentre.

— Pas question, je veux être là si tu ne te sens pas bien cette nuit. Alors, soit tu restes ici jusqu'à demain, soit je t'amène à l'hôpital.

Nous savons tous les deux qu'elle ne peut pas faire un pas sans mon aide. Je peux comprendre qu'elle ait peur de rester avec le charmant inconnu que je suis. Après tout, nous ne nous connaissons que depuis un mois. Elle va devoir me faire confiance.

— Tu sais, je ne mords pas, promis. Enfin, pas souvent.

Je fais mes yeux de chiot. Avec cette frimousse-là, elle ne pourra que rester. Je suis trop adorable pour lui faire peur. *Non ?*

— Vraiment ? fait-elle en me narguant d'un délicieux sourire que j'adorerais embrasser.

Aurait-elle remarqué que je craque pour elle ?

Ma gêne se mêle à l'excitation. Je m'approche d'elle, l'attrape par la taille et je la soulève pour l'asseoir à nouveau sur l'îlot. J'humecte un morceau de gaze de désinfectant.

— Je peux ? Je n'avais pas fini avant que tu tentes de te sauver.

Elle tourne le visage, m'offrant la liberté d'œuvrer. Un frisson la parcourt au contact de la gaze.

— Désolé, je ne voulais pas te faire mal.

— T'inquiète, j'ai l'habitude avec mon ex.

Son ex ? Un terrain miné. Est-ce que je m'aventure à lui demander de quoi elle parle ? C'est peut-être trop tôt. D'abord je dois gagner sa confiance, après … on verra. Je décide de laisser le sujet en suspens et de me concentrer sur son bien-être.

Elle veut jouer les dures, mais je vois bien qu'elle souffre.

— Je n'ai pas fini, interdiction de t'enfuir. Je vais juste chercher des glaçons.

Je récupère quelques cubes de glace que j'enveloppe dans un torchon, prêt à soulager son hématome. Elle tend sa main vers le paquetage et ses doigts effleurent les miens.

— Je peux le tenir.

Je glisse tendrement ma main sous ses doigts, une douceur qui me fait chavirer. Mon cœur se serre lorsque mes yeux se portent vers les siens. Leur couleur est si profonde que je ne peux pas m'en détacher. Je suis si proche que je peux sentir son souffle parcourir ma gorge. L'effluve de son parfum aux notes de coco éveille mes papilles. Normalement, cela aurait dû me faire fuir, mais non. Ambre a cette étincelle qui m'émerveille et déclenche en moi une montée de désir telle que je n'en ai jamais connu. Elle est… sublime ? Un adjectif qui ne lui rend pas justice. Elle est tellement plus que cela.

Elle m'observe, son expression est douce. Cette fois, je perds tout espoir de réussir à la laisser partir demain sans être amoureux d'elle.

C'est horrible. Qu'est-ce qu'elle me fait ?

Peut-être que les glaçons ne sont pas nécessaires uniquement pour son hématome, mais aussi pour calmer le feu qu'elle a allumé en moi.

Je retombe dans ce piège qu'est l'amour, un tourbillon d'émotions et de désir qui emporte toute rationalité. Mon corps est submergé par un élan de passion que j'ai du mal à réfréner. Je baisse les yeux sur sa bouche, captivé par la courbe sensuelle de ses lèvres, l'arc de Cupidon qui m'attire irrésistiblement vers elle. Il n'y a aucun doute, même si je ne la connais que depuis peu, cette femme a le don de me faire perdre la tête. Et à l'évidence, elle traîne un passé lourd, tout comme moi. Ce matin, l'univers semble me jouer des tours.

— J'ai quelque chose sur la bouche ?

Elle me pique avec une pointe d'humour, ayant sûrement remarqué l'effet qu'elle a sur moi.

— Non, ta bouche est simplement parfaite.

Son visage vire au rouge, une réaction adorable à laquelle je ne peux m'empêcher de sourire.

— Je suis désolé, je ne voulais pas te gêner.

Elle me sourit à son tour et mon cœur s'emballe comme celui d'un adolescent découvrant les premières émotions de l'amour. Il semble que ce matin, l'univers ait décidé de jouer avec nos cœurs.

CHAPITRE 8

AMBRE

Je n'en crois pas mes yeux. L'amour de ma jeunesse se tient là, à quelques centimètres de moi. Cet homme dont j'ai rêvé tant de fois vient de me sauver de la tempête, m'a recueillie, soignée. Il insiste même pour que je passe la nuit chez lui. Maintenant, il me dévisage d'un regard intense, comme s'il voulait me dévorer sur place. Assise sur l'îlot de sa cuisine, à peine vêtue d'une simple culotte blanche en coton et d'un t-shirt trempé qui me moule à mort, je suis déchirée entre l'envie de lui sauter dessus pour l'embrasser et la honte de me retrouver dans cette situation. Une fièvre s'empare de moi. Mes pensées s'entrechoquent, me rappelant que je ne dois pas succomber à son charme. Non, je me refuse à songer ne serait-ce qu'un instant à retomber amoureuse de lui. La séparation, mon déménagement, ne plus le voir, tout cela a été tellement difficile. Il n'est pas question que je craque tout ça juste pour une histoire sans lendemain.

Je te résisterai, beau gosse.

Ses yeux, d'une couleur indéfinissable entre le bleu et le vert, me scrutent intensément. Son expression est chaleureuse, séduisante comme dans mes souvenirs. Non, « séduisant » est un qualitatif dérisoire pour un homme tel que lui. Joël est un beau gosse. Yann a ce quelque chose en plus. Ce charme qui n'appartient qu'à lui. Et il se pourrait bien que l'amour que j'éprouvais pour lui soit toujours aussi fort aujourd'hui.

Quelle merde !

Je me mords la lèvre. Résister à la tentation est plus difficile que je ne l'aurais imaginé.

Le lointain son de cloche de l'église du village retentit. Malgré la douleur dans mon genou abîmé et les pulsations du côté droit de mon crâne, je commence à ressentir les tressaillements de mon estomac. Un grognement me dénonce.

— Je vais te chercher d'autres vêtements avant que tu tombes malade. Tu voulais peut-être prendre une douche pour te réchauffer ?

— C'est gentil, mais non, je crois que pour le moment, j'ai trop mal pour me tenir sur mes pieds toute seule.

À moins que tu me rejoignes sous la douche … Oh bon sang … je vais pleurer, c'est trop dur.

Il me sourit, ignorant mes pensées osées.

— OK, alors ne bouge pas, je me dépêche.

Deux minutes plus tard, il revient avec un bas de jogging bleu, un sweat blanc et un pull gris clair en laine, qu'il dépose à côté de moi.

— C'est assez ample, ce sera plus facile à enfiler.

— Merci.

Mes mains sur mon t-shirt mouillé, son regard reste posé sur moi, ce qui fait rougir mes joues.

— Est-ce que tu pourrais te retourner ?

— Excuse-moi, marmonne-t-il en pivotant. Je vais en profiter pour préparer le repas.

Il ouvre la porte du frigo et en sort une salade.

— C'est notre première salade de l'année, j'espère que ça te va si je fais une salade du printemps ? Tu fais une allergie à quelque chose ?

Sa question me surprend. C'est bien la première fois qu'un homme s'intéresse à ma personne.

— Pas d'allergie à ma connaissance.

— Super, j'adore ajouter des pignons de pin et des amandes dans la salade. Ça donne du croquant. J'ai aussi des carottes et je vais mettre quelques grains de maïs, m'informe t'il en sortant une boîte du placard.

— On me prépare rarement à manger.

J'ajuste le sweat et me dépêche d'enfiler le pull.

— Est-ce que tu veux que j'ajoute des lardons frits ?

— Pour moi ce n'est pas la peine, je suis végétarienne. Mais si toi tu en veux, fais comme tu en as l'habitude. J'essaie de ne pas être trop chiante, je m'adapte.

Il jette un regard dans ma direction alors que je m'applique à faire entrer mes pieds dans le pantalon avec quelques grognements.

— Tu veux que je t'aide pour mettre le bas ?

— Oui, je veux bien.

Je descends de l'îlot en glissant lentement. Je pose mon pied valide au sol avec précaution, puis tente le second en m'agrippant au meuble. La douleur me fait trébucher en avant. Je me rattrape, mon genou est encore trop sensible. Il s'approche et me prend le pantalon des mains. S'agenouillant, il saisit mon pied qu'il soulève pour enfiler le jogging, un côté après l'autre. Ses mains caressent ma peau délicatement lorsqu'il remonte le pantalon. Son souffle réchauffe mon ventre, ses pouces passent à l'intérieur de la ceinture réglable, et il continue de le remonter le long de mes fesses. Son contact me provoque des frissons, mon corps oscille entre timidité refoulée et désir éveillé.

Ses mains s'arrêtent, immobiles. Ses yeux perforent les miens, plongeant au plus profond de mon âme. Je sens que je pourrais succomber à tout moment.

Allez, résiste, espèce d'idiote, faut pas craquer, me murmure ma voix intérieure, me rappelant combien j'ai déjà souffert à cause des hommes. Pourquoi remettre le couvert alors que je suis enfin libre, libre de faire ce que je souhaite, quand je le souhaite ?

Il soupire, retire ses mains et recule d'un pas.

Ouf, c'était chaud.

CHAPITRE 9

YANN

Nous sommes tous deux attablés à la massive planche en bois qui pourrait facilement accueillir plus d'une dizaine de convives. Des chaises solides et assorties complètent l'ensemble rustique. La baie vitrée qui s'étend le long de cette pièce offre une vue sur le potager malmené par la récente averse de grêlons.

Derrière, la forêt se tient, imposante et déchaînée, sous les bourrasques et la pluie. Une pensée me traverse pour les animaux de la forêt qui doivent lutter contre ce temps exécrable.

Ambre se reflète dans la baie vitrée, dégustant sa salade avec la délicatesse d'une petite souris. Elle picore et mastique avec une tranquillité apparente. Elle semble apprécier ce que j'ai préparé. Dire que j'ai failli craquer !

Salade…Salade, je me répète mentalement pour convaincre mon cerveau de focaliser sur autre chose. Comment je peux être autant attiré par cette femme alors que j'ai enfin réussi à retrouver ma tranquillité d'esprit depuis ma séparation d'avec mon ex ? Les souvenirs douloureux des dernières années de notre relation me reviennent à l'esprit.

Est-ce que toutes les femmes sont pareilles, manipulatrices et possessives ?

Je hoche la tête et grimace rien qu'à l'idée de ces souvenirs. Comment celle que j'ai aimée jusqu'à notre rupture a-t-elle pu changer à ce point et m'utiliser simplement pour avoir accès à mon portefeuille ?

La gorge me gratte et je bois une gorgée d'eau pour l'apaiser. Je jette un coup d'œil vers Ambre, sa fourchette pleine se portant à sa bouche, et elle tourne la tête pour me sourire. Mon cœur se serre. Pas question que je me fasse piéger à nouveau, même si ce que je ressens pour elle est d'une intensité que je n'ai jamais connue, ni éprouvé auparavant.

J'attrape le saladier dans lequel repose notre salade du printemps. De la laitue romaine verte, des grains de maïs jaune, des pignons de pin blanc crème, quelques amandes brunes effilées et grillées et une sauce blanche.

— Je te resserre ?

Elle dépose ses couverts, la bouche encore pleine, et me tend son assiette.

— Comment va ta tête ? Toujours pas d'alerte pour l'hôpital ?

— Ça me lance un peu, mais non, ça va aller.

Je lui sers une belle portion.

— Merci.

— J'espère que tu aimes.

— Ta salade est excellente. C'est gentil de ne pas avoir ajouté les lardons. La plupart des gens n'en ont rien à faire que je sois végétarienne.

Nous échangeons un regard complice. Alors qu'elle s'apprête à remettre de la vinaigrette à l'huile d'olive et au vinaigre balsamique. Je lui tends un second pot.

— C'est de la sauce Caesar végétarienne. Tu connais ?

— Non, je ne connais pas.

— C'est un mélange de yaourt nature, un peu de miel, de la levure maltée et un citron.

Elle en verse dans sa salade et porte sa fourchette à sa bouche.

Hmm…

— J'adore. Faudra que tu me donnes la recette complète.

— Secret de famille.

Elle me dévisage et d'un geste de l'index, me taquine le ventre.

— Si tu es gentille, je te la donnerai.

— Je suis toujours gentille.

— Ah oui ? Je tiens à voir ça.

Son visage est resplendissant. C'est à peine si elle montre qu'elle est blessée. Soudainement, ses propos sur son ex me reviennent en mémoire. Je serre les dents.

Que voulait-elle dire tout à l'heure lorsqu'elle a parlé de son ex ? Lui aurait-il fait du mal ?

Mon cœur se tord à cette pensée.

***

Le déjeuner savouré, il est quatorze heures à ma montre, et nous avons tout l'après-midi pour faire davantage connaissance. Je me prépare à lui proposer une expérimentation lorsqu'elle me devance :

— Quand est-ce que Simon et Barbara vont rentrer du mariage ?

— Ils rentrent demain soir. Tu seras certainement déjà rentrée chez toi, à moins que tu aimes passer du temps avec moi.

Je me risque à un sourire charmeur. Elle me répond par un sourire tout aussi enchanteur.

— Ce doit être un beau mariage, ils ont choisi un château pour le lieu à ce qu'elle m'a raconté. La décoration doit être magnifique.

— Sans doute. Je ne suis pas fan de mariages. À quoi ça sert de se mettre la corde au cou ?

— La corde au cou ? Tu n'as pas envie un jour d'aimer une personne au point de te dire que tu passeras toute ta vie avec elle ?

Le sourire amer, je pouffe en rangeant les assiettes dans le lave-vaisselle.

— J'ai assez donné.

Un gloussement aigu sort de ce petit être et elle me questionne d'une voix hésitante :

— T'as déjà été marié ?

Je recule d'un pas, mes yeux se lèvent au ciel et je laisse échapper un énorme souffle.

— Non, heureusement.

J'attrape le saladier.

— Une femme t'a brisé le cœur ?

Je ne réponds pas, m'évertuant à débarrasser la table. Elle m'observe, la bouche entrouverte. Sa question me rend nerveux. Je n'aime pas parler du passé. Ma mâchoire se crispe rien qu'à l'idée de lui parler d'Amanda.

— Je suis désolée, je ne voulais pas te perturber avec ma question.

— Ce n'est rien. Je ne suis pas vraiment bavard sur le fait que j'ai gâché sept années de ma vie avec une femme qui n'en valait pas la peine.

— Sept ans ? Waw … mais tu es sortie avec elle à quel âge ?

Je m'adosse un instant contre l'évier et regarde vaguement par la fenêtre avant de pencher la tête en sa direction. Tout cela me semble si loin maintenant.

— Je devais avoir seize ans.

Elle fait tomber sa serviette de table, la rattrape maladroitement.

— Je ne sais pas quoi dire. Du coup, tu es sorti avec elle au lycée. Tu la connaissais déjà au collège ?

Mes lèvres se pincent. Mes sourcils se rapprochent, me donnant cet air perplexe que je n'aime pas. Je me retourne complètement vers Ambre.

— Non, pourquoi ?

— Tu sais qu'on était dans le même collège ?

Mon corps se tend.

— T'es sérieuse ?

Ambre retrousse les manches du pull. Son visage devient rouge, et je remarque que ma question la déstabilise.

— Oui.

Mon cœur palpite comme s'il venait de courir un marathon. Ma tension monte. Je cherche dans ma mémoire, mais je n'ai aucun souvenir d'elle.

— Mince, je ne m'en souviens pas du tout.

Mes rides du lion se froncent. Mon esprit s'emballe, à la recherche de réponses. Je tente de me remémorer cette époque-là, toutes les camarades d'école que j'ai connues. Mais rien.

— On était dans la même classe ?

— Non.

— On a déjà discuté ensemble ?

— Non plus.

— Et toi, tu te souviens de moi.

— Oui, glousse-t-elle.

Je soupire.

— Mince, je suis désolé.

J'en ai les mains moites. *Comment ai-je pu ne pas la remarquer ?*

Je reviens auprès d'elle.

— Je t'emmène au salon.

J'ouvre les bras pour l'accueillir contre moi et la porter à quelques mètres de là. Le canapé est disposé dans l'alignement de l'îlot de la cuisine, la table de la salle à manger, et puis le salon, le tout dans le prolongement de la baie vitrée.

Ses bras m'encerclent, je sens son souffle qui me caresse chaudement la nuque. Sa bouche susurre à mon oreille :

— Puisqu'on est dans les confidences. Mon dernier petit ami était un homme à femmes et j'ai commis l'erreur de partir habiter chez lui. Il m'a fallu trois années avant d'oser enfin le quitter.

— Et pourquoi c'était une erreur ?

Je la garde contre moi. J'apprécie ce moment de complicité, et n'ose pas la poser sur le canapé au risque de remettre de la distance.

— Il dirigeait tout, je ne pouvais rien faire sans son accord…

Elle s'interrompt un instant pour me dévisager avant d'enchaîner sur son histoire personnelle :

— J'ai dû arrêter de travailler, il ne supportait pas que je sorte de l'appartement seule. Il s'imaginait que je le trompais avec tous les gars que je pouvais croiser. Ç'a été très compliqué. C'est une période de ma vie où j'ai fait des choses que je n'aurais jamais crues possibles. Je ne me reconnaissais plus … il m'avait complètement brisée. Il m'a fallu trois ans pour prendre mon courage à deux mains et le quitter.

— Que veux-tu dire par « briser » ?

— Vivre avec lui a été si difficile que je me suis mise à fumer, ou plutôt c'est lui qui m'a obligée à fumer. Il ne supportait pas de fumer seul, alors il me la mettait dans la bouche jusqu'au jour où j'ai fini par accepter pour qu'il arrête de s'énerver. Ensuite, ça été l'alcool et la drogue … Ce n'était vraiment pas très joli à voir. Et je ne suis pas du tout fière de moi.

La colère monte en moi.

Comment un homme avait-il pu faire du mal à cette brindille si adorable ?

Mes bras l'enveloppent davantage et je la serre contre moi. Ses mains caressent le haut de mon dos. Je peux sentir son cœur battre contre ma poitrine. Nous restons là quelques instants dans cet élan d'affection. Je savoure cet échange d'énergie.

— La vie n'est pas facile. Comment tu as fait pour en sortir ?

— Je crois que perdre ma grand-mère m'a mis une claque et je me suis réveillée. Mes parents ont accepté que je retourne vivre avec eux, et je me suis sevrée comme j'ai pu. D'abord, je me cachais, puis avec le temps et mes parents qui sont plutôt sévères, cela m'a aidée à arrêter. Mais ce n'était vraiment pas facile.

Elle lève les yeux, un sourire se dessine.

— Je crois aussi que ç'a été la motivation de réaliser mon rêve. Avoir la tête plongée dans tous les détails pour ce projet m'aide à ne pas penser à la cigarette et à tout le reste.

Une rafale de vent tape dans les vitres, nous ramenant sur terre. Je la dépose délicatement dans le canapé en cuir marron, et m'installe à ses côtés. Mon regard sur elle s'abaisse aussitôt jusqu'à un tapis tissé et très coloré qui apporte un peu de gaieté à ces révélations si dures à partager. Je m'éclaircis la gorge tout en me frottant la nuque. Mon estomac se noue et je vois bien qu'elle attend que je fasse de même. Je n'aime pas parler de ma vie, je préfère largement écouter les autres, mais je lui dois bien cela.

— Mon ex était une femme impulsive et autoritaire. J'étais jeune, je n'avais jamais connu aucune femme … et j'ai tendance à laisser faire les choses sans trop me poser de questions. Donc au début, ça ne me choquait pas, je pensais qu'elle se calmerait avec le temps. On a emménagé ensemble dès que nous avons été majeurs. Et là, ça été la dégringolade … Les cris, les reproches et avec le temps on a fini par faire chambre à part. Elle ne bossait pas, donc je devais m'occuper de régler toutes les factures, et de toutes les tâches ménagères, faire la cuisine… Ce n'était pas non plus un cadeau. En fait… je ne comprends pas pourquoi je me suis laissé faire.

Ambre pose sa main sur la mienne et glisse ses doigts sous ma paume. J'ajoute par-dessus ma seconde main tout en m'affaissant dans le dossier du canapé.

— Je suis content de l'avoir quittée. Cela aura pris le temps qu'il fallait, mais bon, j'aurais bien aimé avoir le courage de le faire avant.

— Je comprends. Les histoires de cœur ne sont jamais faciles.

— C'est clair.

La pluie ne cesse de battre le sol. Et la tempête continue de mettre à mal les arbres. Dans cette vieille bâtisse rénovée avec soin, il ne fait pourtant pas froid, mais un frisson parcourt le corps d'Ambre qui se répercute dans ma main.

— Je vais remettre du bois.

Dans l'angle du mur, un imposant poêle de masse s'illumine de quelques braises restantes.

— J'avais allumé le feu ce matin, les briques réfractaires conservent bien la chaleur, mais avec le temps d'aujourd'hui, le froid traverse les baies vitrées.

Je relance une fournée de bois, puis prends du papier et un stylo dans le tiroir du buffet de la télévision, ouvre les portes du dessous, touche aux boutons de l'appareil qui s'y trouve et reviens m'asseoir dans mon fauteuil.

— Vu qu'on a tout l'après-midi pour nous, je te propose un petit jeu.

L'air suspicieux, Ambre hoche la tête pour accepter ma suggestion.

— J'en profite, comme on ne se connaît pas encore très bien, c'est un exercice que je propose lors des stages ici. Si ça te tente, bien sûr.

— C'est quel style de jeu ?

— C'est un outil que j'utilise souvent le premier jour. Je te préviens, il n'est pas facile parce qu'on part loin dans son propre ressenti, mais je pense qu'il pourrait t'aider à te libérer de pas mal d'émotions.

— Je comprends mieux pourquoi tu habites avec Simon. Barbara m'a raconté comment ils se sont connus et le genre d'exercices qu'il lui a fait faire.

Ses lèvres esquissent une demi-lune chaleureuse.

— OK, on peut tester.

Son regard ne me semble pas vraiment à l'aise avec l'idée que je lui suggère, mais elle est apparemment joueuse. J'adore ça.

— Ça marche, de toute manière, je ne t'oblige à rien, tu arrêtes quand tu veux.

Je lui tends la feuille.

— Mais ce serait dommage de ne pas profiter de ce jeu pour tourner la page sur ton passé.

La demi-lune s'efface, laissant juste apparaître un petit rictus. Son visage descend vers la feuille qu'elle lit dans le silence.

— Je t'explique en bref avant de commencer. On va tous les deux rester face à face, si possible yeux dans les yeux sans se lâcher du regard. Sauf si tu ressens le besoin d'écrire.

Sa jolie frimousse étouffe un rire profond et elle caresse mon menton.

— Un peu comme le jeu Rira bien qui rira le dernier ? ricane-t-elle.

Je prends sa main dans la mienne.

— Ne me fais pas perdre le fil.

Sa main est chaude et délicate. Je la libère avant de craquer, tant ma bouche souhaite déposer un tendre baiser au creux de sa paume. Mes yeux se plongent dans les siens. Je la sens frémir. Sois-je la déstabilise, soit notre jeu commence à lui plaire.

— Tu devras répondre à chaque question instinctivement, sans trop réfléchir. L'idée est que tu dois t'ouvrir à ta propre vérité, de la manière la plus honnête possible envers toi-même. Essaie de ne pas laisser ton esprit prendre le dessus ou chercher une réponse qui n'est pas celle qui devrait être dévoilée à cet instant. OK ?

— OK.

Elle me dévisage, me rendant la tâche difficile. L'un de ses sourcils s'arque. Je commence à regretter d'avoir eu cette idée. Je crois bien que cet exercice va être plus dur que d'habitude. Être face à elle me fait perdre tous mes moyens. Je déglutis instinctivement et baisse les yeux vers le stylo que je lui tends.

— Tu as toutes les questions sur la feuille, tu peux y noter tes réponses au fur et à mesure. De mon côté, je te regarde de la manière la plus neutre possible. Je ne suis pas là pour te juger, mais juste t'accompagner dans cette libération. Ça marche ?

Elle passe ses doigts dans les cheveux, les tournicotant.

— Oui… Tu commences à me faire flipper.

— Surtout pas, tu verras, tu iras vachement mieux après. Je l'ai déjà fait à plusieurs reprises et j'adore voir le changement qui s'opère chez mes élèves.

Une montée de stress s'empare d'Ambre, ses mains tremblent. Son regard se fige dans le mien. J'entends sa respiration s'arrêter un bref instant.

— Allez, relax, je ne vais pas te manger. Ferme les yeux et prends une grande inspiration.

Elle s'exécute sans plus attendre. Je prends la télécommande sur la table basse et lance le CD. J'ai choisi en musique de fond le bruit de l'océan. Des vagues qui caressent le sable de la plage. L'écume qui avance et se retire. Cela devrait l'aider à se détendre.

Son expression s'apaise après deux minutes de respiration. Les commissures de ses lèvres se plissent délicatement vers le haut. Je la vois ouvrir un œil. Elle me fait rire, tellement adorable.

CHAPITRE 10

AMBRE

Il m'observe avec ce sourire magnétique. Comment réussir à résister ?

— Prête ?

J'acquiesce d'un mouvement de la tête.

— N'écris que si tu en ressens le besoin. Le mieux c'est vraiment d'y aller du tac au tac, sans réfléchir.

— OK.

Mes mains tremblent, je tente de les cacher sous mes cuisses. J'adore être si près de lui, mais son jeu me fiche la trouille. Et mon cœur adore alourdir la charge en battant à plein régime. J'espère que je ne vais pas me mettre à sentir le chat mouillé, l'odeur nauséabonde qu'a ma sueur lorsque je panique.

— Première question. Parle-moi de quelque chose qui te concerne et que tu aimerais que je sache.

Mon sang ne fait qu'un tour dans mon corps. Cela commence bien. Une chaleur désagréable s'insinue dans mon dos, mes bras et mes aisselles, jusqu'à remonter dans tout mon visage.

Quelle honte ! Pourquoi il faut toujours que je réagisse ainsi ? Il doit me trouver pathétique à être si stressée.

— Respire, me souffle-t-il.

Tout sourire ou expression rigolote a disparu de son visage. Il reste le plus neutre possible sous mon regard gêné. J'inspire une grande bouffée d'air et tente de ne pas réfléchir. J'essaie de répondre instinctivement, la première chose qui me vient à l'esprit :

— Je suis enfin heureuse depuis que je suis célibataire.

Merde, pourquoi j'ai dit ça ?

Il voulait que je lui dise la vérité et ça l'est. J'apprécie le célibat et la liberté, en tout cas, c'est exactement ce que me dit mon mental. Mais face à lui, mon cœur me dicte le contraire.

L'un de ses yeux se plisse légèrement à cette nouvelle. Cependant, je le vois tenter de rester le plus neutre possible. Il enchaîne rapidement.

— Deuxième question. Parle-moi d'une chose que tu penses devoir me dire.

Sans réfléchir, je poursuis.

— Je ne cherche pas à avoir une nouvelle relation de couple.

Je fais le choix de partager ce que mon cerveau souhaite depuis ma séparation : rester célibataire, en omettant d'ajouter la raison : pour ne plus souffrir. Même si tout mon cœur me hurle que je fais n'importe quoi, que je devrais tenter ma chance maintenant que Yann sait qui je suis. Mais mon mental m'informe qu'il est trop tard, je viens certainement de briser ma chance de réaliser l'un de mes rêves d'ado. J'ai tellement rêvé de lui au collège, et en une fraction de seconde, je viens de tout faire capoter.

Non ! Je ne dois pas flancher, sinon mon ex avait raison, je suis faible. Il n'est pas question que les palpitations que mon cœur ressent en sa présence puissent me faire prendre un nouveau chemin.

Respire. Allez, ça ira.

— On va passer à la phase de nettoyage. Troisième question. Parle-moi d'un problème que tu as en ce moment dans ta vie.

Mon regard part vers le ciel à la recherche d'une réponse.

— Regarde-moi. Ne réfléchis pas, dis-moi la première chose qui te vient à l'esprit.

— Ce n'est pas facile.

— Je sais, mais c'est le jeu. Sinon, cela va tout fausser.

Je reprends mon souffle et tente de ne pas faire fonctionner mon cerveau, jusqu'à ce que j'aie la vision de mon terrain.

— J'ai beaucoup de travaux à faire.

Il enchaîne avec la question suivante sans attendre une seconde.

— Dis-moi ce que j'ai besoin de savoir pour comprendre ton problème.

— Eh bien, j'ai des travaux qui demandent d'avoir de la force et aussi de l'expérience pour savoir comment bien faire les choses.

— Nettoyage du karma. Quatrième question. Parle-moi de quelque chose que tu as fait mais que tu penses que tu n'aurais pas dû faire.

Sans réfléchir, je lui avoue mon pire secret.

— Je n'aurais pas dû frapper mon ex avec une casserole.

Mon corps surchauffe, mes joues brûlent de honte. Aucune réaction visible n'émerge de lui, et mon souffle se relâche. La question suivante arrive sans se faire attendre.

— Dis-moi quelque chose que tu n'as pas fait et que tu aurais dû faire.

— M'excuser auprès de mon ex pour l'avoir frappé avec la casserole. Même s'il le mérite, je n'aurais pas dû faire ça.

— On passe au nettoyage de critiques. Cinquième question. Raconte-moi comment tu as été critiquée par une autre personne.

J'ai les mains moites. Mon cœur bat la chamade au point qu'il va bientôt s'expulser de ma poitrine. Mes yeux s'embuent et laissent une larme s'échapper. Il s'avance vers moi et m'étreint.

— Si tu veux arrêter, je peux comprendre.

Cette question fait ressurgir tant de dégoût envers mon ex et moi-même. Quelle critique puis-je partager ? J'en ai reçu tellement ces dernières années.

— Je déteste ton jeu.

— Je comprends. C'est pour ça qu'il fonctionne si bien pour se libérer, en osant extérioriser le mal qui te ronge de l'intérieur. Il faut beaucoup de courage pour y arriver.

— Tu aurais pu proposer une partie de bataille ou d'échecs.

— Ça aurait été moins intéressant. Là, on apprend à se connaître, à se faire confiance.

C'est certain, avec toutes ces révélations, il va finir par tout savoir de moi. Mais est-ce que j'en ai vraiment envie ? Ma tête balance entre le fait que pour la première fois, je me sens à l'aise avec quelqu'un au point de lui parler franchement. Et d'un autre côté, tout cela me fait peur. Mes réponses peuvent tout simplement le faire fuir et il ne voudra plus jamais me revoir. Rien que cette idée m'est insupportable. Je viens enfin de le retrouver, après tant d'années à me demander ce qu'il était devenu. J'inspire profondément.

— On peut reprendre si tu veux.

Ses bras se détachent de moi et il retourne à sa place. Yeux dans les yeux. Je laisse échapper un léger soupir et réponds à sa dernière question :

— Mon ex était doté d'un tempérament excessivement jaloux. Il avait une imagination débordante qui le poussait à me blesser avec ses mots. Dès que j'ai emménagé avec lui, j'ai dû rapidement renoncer à ma carrière, car il ne supportait pas que je puisse quitter l'appartement sans lui. Il était persuadé que je le trompais avec chaque homme que je croisais sur mon chemin. Ce qui le conduisait à me faire du mal, même physiquement, lorsque je ne répondais pas à ses attentes.

Ses yeux se plissent et son regard s'assombrit. Même s'il tente de ne rien laisser paraître, je vois bien que ma réponse le perturbe.

— Raconte-moi quelque chose que tu as fait et qui a été similaire pour la personne que tu as critiquée.

Mes yeux s'écarquillent.

Ai-je pu être un jour aussi méchante avec quelqu'un ?

— Je …

Je m'arrête, prends le temps de la réflexion. Et je me surprends à lui dire :

— Je crois que c'était envers mon ex. Surtout au début, parce que je ne me laissais pas faire les premiers mois. Puis à force, j'ai fini par ne plus lui répondre, ça ne servait à rien.

Sa mâchoire se crispe.

— Nettoyage des objectifs. Sixième question. Parle-moi d'un objectif que tu as dans la vie.

Ah, voilà enfin une question que j'aime bien. Une question qui sèche mes joues d'un coup de baguette magique et m'insuffle des étoiles dans les yeux.

— Mon objectif est de réussir à créer un chalet résilient et d'être le plus autonome possible.

— Quelle décision pourrais-tu prendre pour t'aider en cela ?

— Me remettre le plus vite possible de mes blessures pour continuer mes travaux.

— Nettoyage des cycles de vie. Septième question. Parle-moi d'un cycle que tu n'as pas terminé dans ta vie.

Mais de quoi est-ce qu'il parle ?

— Que veux-tu dire par là ?

— Tu ne vois pas ce qu'est un cycle de vie ? En énergétique … on y croit ou non … il est dit que tous les sept ans, nous changeons de cycle. Dans chaque cycle, nous devons trouver ce qui revient encore et encore afin de résoudre l'énigme pour pouvoir passer à la suivante. Ce n'est qu'en résolvant une énigme à la fois que l'on passe donc à la suite de son chemin de vie. L'objectif étant d'atteindre le nirvana et de ne plus avoir à revenir sur terre. C'est comme une sorte de saint graal : trouver la liberté lorsque tout s'arrête… Bon, après, il y a plein de variantes à cette explication.

— OK. Mais du coup, si on ne résout pas les énigmes, cela veut dire qu'on reviendra continuellement sur terre ?

— C'est un peu l'idée.

— D'accord, alors … voyons voir … un cycle que je n'aurais pas trouvé…

Un long silence s'installe, laissant les vagues s'écrasant sur le sable bercer cet interlude.

— Je crois que l'un de mes schémas répétitifs est de toujours tomber sur des mecs qui veulent me dominer. Des mecs qui ne sont pas vraiment amoureux, ils préfèrent les copains plutôt que d'être avec moi. J'ai chaque fois été la cinquième roue du carrosse, à jouer la poupée qui reste dans un coin et qui fait ce qu'on lui dit.

— Dis-moi ce que tu pourrais faire pour terminer ce cycle.

— Rester célibataire, ou en tout cas, ne plus me mettre en couple… ou peut être simplement faire comme les mecs.

Le visage de Yann devient livide, et une lourde expiration sort involontairement de sa personne. L'air confus, il enchaîne :

— Passons à l'illumination. Dis-moi qui tu es.

— Une femme libre.

— Dis-moi ce qu'est la vie.

— Aujourd'hui, la beauté de vivre l'instant présent tel que je le désire.

Il avance ses mains pour prendre les miennes entre les siennes. Un sourire se dessine sur son visage.

— Merci.

Je suis interloquée. Il me dit merci. Pourquoi ?

— Merci d'avoir partagé ça avec moi, me répond-il comme s'il avait lu en moi.

Un sourire timide se dessine sur ma bouche.

— Merci à toi de m'avoir écoutée... C'était... surprenant.

— J'espère que cela t'a fait du bien. On en reparlera demain ; souvent, les effets libérateurs se font dans les heures, les jours qui suivent. Est-ce que tu participes au prochain atelier avec Barbara et Charlotte ?

— Oui, il me semble que Charlotte nous a déjà inscrites.

— C'est super, tu verras, c'est vraiment sympa. On pratique des exercices comme celui-là, des méditations guidées, du yoga sans dégâts De Gasquet et encore plein d'autres choses.

— Oui, c'est ce qu'elle m'a dit, j'ai hâte.

Il regarde ma feuille.

— Finalement, tu n'as rien écrit. Ce n'est pas plus mal, me dit-il en reprenant la feuille et le stylo qu'il part ranger dans le tiroir.

— Tu sais, tous les hommes ne sont pas pareils que tes ex.

— Je l'espère.

Mes yeux ne peuvent se détacher de lui. Aussi séduisant que dans mes souvenirs. Heureusement qu'aucune question n'allait dans le sens d'une révélation de ce que je ressens pour lui. Comment l'aurait-il pris ? Cela risquerait de le faire fuir. Se retrouver là avec une groupie du collège qui éprouve toujours les mêmes sentiments. Dire qu'au collège, je passais mon temps à l'observer pendant les récréations. À me promener dans son quartier dans l'espoir de l'apercevoir. À le dessiner dans mes livres de classe. A en parler à mes copines pour tout savoir sur lui, épiant ses moindres faits et gestes. Quelle horreur ! S'il le savait, il me jetterait dehors à coups de pieds.

La tempête continue de frapper la forêt dans tous les sens. Le son du vent est strident. Il s'approche de la baie vitrée.

— Je me demande ce que ça donne chez toi. Ton chalet est en plein vent, ce doit être quelque chose.

Je lève la tête vers lui.

— C'est l'inconvénient d'avoir une vue dégagée.

— C'est clair, on ne peut pas tout avoir. J'espère qu'il n'y aura pas trop de dégâts.

Il revient vers moi et pose un jeu de cartes sur la table basse.

— Ça te tente ?

— Ah, je vois que tu m'as écoutée.

— Quel jeu veux-tu faire ?

— On commence avec une bataille ?

— Ah, la bataille, le classique du genre ! Tu es une connaisseuse des jeux de cartes ?

— On peut dire ça.

— Génial, j'adore.

Le vent et la pluie se sont enfin calmés, laissant place à quelques rayons de soleil. Le climat dans les hauteurs est bien différent de celui de la vallée. J'espère réussir à m'y faire. Pendant que Yann dispose soigneusement les cartes, il lance une question que j'aurais préféré ignorer :

— Est-ce que tu veux me raconter pourquoi tu as tenté de t'enfuir lorsque je t'ai proposé d'aller à l'hôpital ?

Ma main, suspendue dans les airs, se fige. Mes doigts serrent la règle du jeu, mes ongles s'enfoncent dans le papier. Sans lever les yeux, je lui réponds sèchement.

— Je n'aime pas les hôpitaux.

Le livret de règles atterrit brusquement sur la table. Yann persiste :

— Il doit bien y avoir une raison ?

Aucun mot ne franchit mes lèvres. Pourquoi relance-t-il le sujet ?

— Si tu ne veux pas en parler, y'a pas de souci.

Mon visage remonte et mon regard rencontre le sien. La raison se dessine dans mes yeux embués.

— J'ai vu comment ils ont traité ma grand-mère. Comment ils l'ont placée dans une clinique pour qu'elle y finisse ses jours, dans la souffrance, les pleurs. J'étais petite, mais je me rappelle très bien une parole qu'elle a dite à mon père « *Pourquoi Dieu m'inflige ça ? J'ai pourtant prié tous les jours de ma vie* ».

Je m'interromps, les larmes rugissant de mes yeux et s'octroyant un passage jusqu'à mon cou. Du dos de la main, je les sèche.

— Je suis désolé, je ne voulais pas faire remonter de mauvais souvenirs.

— Je sais. C'était il y a longtemps, je devais avoir à peine cinq ans, mais je n'arrive pas à oublier. C'est juste horrible de mourir comme ça.

— Je comprends. J'ai moi-même été choqué lorsque j'ai appris ce qu'un moine bouddhiste avait dit à un ami sur son lit de mort « *Pourquoi dois-je autant souffrir dans la mort.* ». C'est dur lorsqu'un être cher passe par là. On aimerait tellement pouvoir l'aider, mais on ne peut pas.

— C'est clair… Depuis, je ne peux plus mettre un pied à l'hôpital.

Il s'approche de moi, m'enveloppe de ses bras. Je me blottis contre son corps chaud, me laissant aller au réconfort qu'il m'apporte. La senteur de sa peau est savoureuse. Il glisse ses mains dans mon dos et l'envie d'embrasser son cou, sa joue, tout son visage devient presque douloureuse tant le désir est fort. L'effet qu'a cet homme sur moi est horrible, comme une envie irrésistible de chocolat à minuit.

CHAPITRE 11

AMBRE

La journée en sa compagnie a filé à une vitesse fulgurante. Tout s'est déroulé de manière si fluide, si naturelle, comme si nous nous connaissions depuis toujours. Cela rend encore plus ardu le fait de ne pas succomber au charme de ce bel homme. Et le pire, c'est qu'il ne semble même pas réaliser l'effet qu'il a sur moi. C'est précisément cela qui me touche tant chez lui. Il est simple, avec de la gentillesse, un humour parfois un peu lourd, mais surtout qui me laisse perplexe. Comment un homme aussi génial peut-il être célibataire ?

Il éclate de rire comme s'il avait déchiffré mes pensées.

— Aurais-tu un regret ?

— Moi ? Non.

Je sens mes joues s'empourprer. Il a ce don énervant de lire en moi avec une facilité déconcertante. C'est incroyable d'être avec quelqu'un que je connais à peine, mais avec qui je ressens une connexion aussi profonde. Est-ce que cela aurait été pareil s'il m'avait remarquée au collège ?

Le dîner touche à sa fin. Il revient de la cuisine et dépose deux coupes de glace à la mirabelle sur la table. Mes yeux le dévorent, la tentation fugace de lui proposer une nuit sauvage traverse mon esprit. Après tout, nous sommes tous les deux célibataires et à en juger par sa manière de me regarder toute la journée, il semble évident que je lui plais.

Stop.

Mon esprit s'emballe.

Je ne peux pas risquer de compromettre la complicité qui s'est installée entre nous aujourd'hui. Pourquoi tout gâcher pour une nuit de sexe ? Et puis, il pourrait très bien me révéler un visage caché, comme l'a fait mon ex. Nicolas était charmant et attentionné au début, mais la vie commune a dévoilé sa véritable nature. Rien ne garantit que Yann ne dissimule pas un lourd secret, à l'image de Nicolas. Mon corps ne peut pas décider à la place de mon cerveau. Malgré les reproches entendus ces dernières années, je ne suis pas assez naïve pour répéter la même erreur.

— Est-ce que tu veux de la chantilly avec ta glace ?

Il me présente une coupe en verre, artistiquement garnie de deux boules de glace sur lesquelles il a disposé plusieurs mirabelles nageant dans un sirop doré. Il reste debout, attendant ma réponse, les yeux fixés sur moi avec une intensité gourmande.

— Hmm, ça a l'air divin.

Je plonge ma cuillère dans la douceur glacée et il fait de même de son côté. Mes lèvres s'humectent instinctivement en le voyant savourer sa glace. Il a quelque chose de vraiment séduisant.

— C'est parfait comme ça, pas besoin de chantilly. Merci.

Il reprend sa place à table, dégustant sa glace tout en maintenant son regard captivant. C'est comme un jeu entre nous, une bataille silencieuse de séduction. J'avoue volontiers lui décerner la médaille du vainqueur sans contestation. Face à lui, ma volonté s'effrite.

— Pour cette nuit, je te propose de dormir dans l'annexe. C'est une extension du bâtiment que nous avons aménagée pour héberger les participants lors de nos stages.

— C'est adorable de m'accueillir. Cela ne risque pas de déranger Simon lorsqu'il saura que j'ai dormi ici ?

— Simon ? Non, pas du tout. Tu verras, il est un peu atypique, vivant dans son propre univers. Mais il est vraiment bien, quelqu'un sur qui tu peux compter. Sa vie est consacrée à aider les autres. Je crois bien qu'il détient le record de l'altruisme, de toutes les personnes que je connais.

— À ce point ?

— Absolument ! Je n'ai jamais rencontré quelqu'un d'aussi passionné par tout ce qui touche au mieux-être, prêt à tout pour aider ceux dans le besoin. Il se forme constamment, voyage, lit, expérimente... Tout cela pour avoir les meilleurs outils et être là pour les autres.

— Et Barbara, ça ne la gêne pas qu'il soit souvent absent ?

— Elle l'aime, donc elle fait avec.

Je soupire.

— Ah, l'amour, ça nous fait faire des choses folles.

— Tellement vrai.

Il pose sa coupe et se lève.

— Il se fait tard, je te montre ta chambre ?

— Avec grand plaisir.

Il s'approche de moi pour m'aider à me relever.

— Je pense que je devrais réussir à avancer, doucement.

— C'est toi qui vois, laisse-moi au moins t'aider.

Je m'accroche à son cou et il m'aide à me relever avec délicatesse. Un bras sur ses épaules, un pied par terre et l'autre légèrement remonté, nous progressons à petits pas jusqu'à la porte qui donne sur le couloir des dortoirs. Nous traversons un couloir aux murs blanc cassé, dépassant deux élégantes portes en pin massif. Si agréables au toucher lorsque je m'y appuie pour alléger Yann d'un peu de poids. Il ouvre la troisième porte.

Je n'en crois pas mes yeux. La chambre qui s'offre à moi est belle à souhait. La qualité des matériaux reflète l'esprit zen du lieu et les bonnes énergies de la nature. Un lit au futon japonais, sur lequel repose un imposant matelas, est adossé contre un mur couleur crème peint à l'argile naturelle. Yann s'amuse à me raconter toute l'histoire du bâtiment, l'importance du choix des composants pour réduire les émissions de polluants dans l'air intérieur. Pourquoi des draps en coton et des oreillers en plumes. Il poursuit la visite en me guidant dans la salle de bains, expliquant pourquoi il n'y a qu'une douche et pas de baignoire, dans le but d'économiser l'eau de notre planète. Même si, ici, ils récupèrent l'eau de pluie. Lorsque nous arrivons aux toilettes sèches, je le coupe pour lui rappeler que je suis déjà familière avec tous ces éléments, car ils correspondent exactement à ce que je souhaite mettre en place chez moi. Je connais déjà toutes les raisons de tels choix, mais c'est toujours agréable d'entendre la passion dans sa voix.

— Je sais, j'ai l'habitude de trop parler lorsque j'explique comment nous avons construit cette partie du bâtiment et comment nous avons rénové cette vieille ferme.

Ses yeux pétillent de bonheur, et il maîtrise son sujet à la perfection.

— J'aime tellement ce lieu que j'ai toujours besoin de le partager.

Ma main glisse le long de son dos fort et musclé. D'une tête plus petite que lui, je lève le visage vers le sien.

— Je suis certaine que je ferai de même le jour où j'aurai terminé les travaux chez moi.

Il continue à m'aider à avancer, puis à m'asseoir sur le lit. Il s'approche d'une armoire monumentale tout en bois massif, sculptée de fleurs, une antiquité qui a son charme dans cet endroit.

— Dans cette armoire, tu as des vêtements, c'est là que j'entrepose ceux que les personnes oublient ici, et étonnamment, elles viennent rarement les demander. Du coup, on a du stock.

Il ouvre la porte, révélant trois étagères remplies d'affaires. Pulls, gilets, sweats et probablement des t-shirts. Je peux même y voir des chaussettes et deux paires de baskets.

— T'es sérieux, même des chaussures ? Mais comment elles font pour repartir chez elles ?

— Elles avaient sans doute une seconde paire, souvent elles mettent des chaussons ou des tongs lorsqu'elles sont à l'intérieur. Mais c'est clair, les gens repartent d'ici moins vêtus qu'en entrant vu tout ce que je récupère.

— Vous devez leur donner chaud, à ces dames, le taquiné-je.

Il rit à mes propos, puis s'arrête net. Son expression semble indiquer qu'il réfléchit à ce que je viens de dire. Je pouffe de rire à mon tour.

— C'est surtout Simon qui doit leur donner chaud.

— Si tu le dis.

Ah, décidément, il ne se rend vraiment pas compte de sa beauté et de son charme.

— Je vais te laisser te reposer.

Il ouvre la porte, pose une main sur le mur, l'autre toujours sur la poignée. Il ne bouge plus, l'air songeur.

Je n'ai aucune envie qu'il s'en aille. Le désir qu'il plonge avec moi dans ce lit qui semble si douillet me chatouille de l'intérieur.

Il se tourne vers moi. Son expression en dit long sur la tentation qui le submerge lui aussi.

— Bonne nuit, lui dis-je avant de craquer.

Il fronce les sourcils. La poignée de la porte crisse sous la pression de sa main.

— Si jamais tu as besoin de moi pour te porter jusqu'à la douche ou à ton lit, crie mon nom.

Il soupire en me dévorant des yeux.

— Dors bien.

Il referme la porte derrière lui si doucement que j'aurais pu murmurer son prénom une dizaine de fois.

Quelle torture que de le laisser partir ! Je n'ai plus qu'une envie, me jeter sur le lit et me blottir contre les coussins. Je secoue la tête en me rappelant ce que j'ai vécu ces dernières années avec mon ex. Je réalise que je ne peux pas me mettre à nouveau en danger en ayant des sentiments pour un homme, même s'il s'agit de Yann, ma référence en amour, celui que je n'ai jamais pu oublier. Ce soir, je vais dormir dans le même endroit que lui. Si j'étais plus courageuse, il est certain que j'oserais l'appeler et tenter ma chance de vivre une nuit excitante en sa compagnie. Après tout, les hommes sont bien réputés pour aimer les histoires d'une nuit, non ? Peut-être que je suis prête à me lancer dans cette aventure. Une nuit, ce n'est pas grand-chose. Ce n'est pas ce qui va chambouler toute ma vie de femme qui veut garder sa liberté.

Qu'est-ce que je raconte ... Je ne suis pas comme ça.

L'une des citations préférées de ma mère est « *Mieux vaut être seul que mal accompagné* ».

Aujourd'hui, je comprends enfin le sens de cette phrase. Si seulement je l'avais écoutée à l'époque. Je soupire longuement. Le mieux que je peux faire maintenant est de gagner la salle de bains tant bien que mal et, me laver.

La chaleur de l'eau qui coule sur mon crâne encore endolori, le savon qui me nettoie et me parfume. Je me sens enfin propre après cette chute qui m'a permis de passer la plus belle journée de ma vie, avec Yann.

J'extirpe de l'armoire un ensemble qui fera l'affaire d'une nuit, puis je me traîne jusqu'au lit. Le coussin de plumes est confortable, mon corps commence à réchauffer les draps et la couette duveteuse. La pièce est sombre. Je laisse juste la petite lampe de sel de l'Himalaya allumée. Mes pensées m'emmènent vers Yann et mon envie irrésistible de l'appeler pour qu'il me rejoigne sous les draps. J'observe autour de moi, l'air presque coupable d'avoir cette pensée. Je me demande où il dort. Pourrait-il m'entendre si je l'appelais maintenant ?

Arrête.

Je me pince la cuisse pour faire redescendre cette envie qui submerge mon bas-ventre. Non, je ne me laisserai pas envahir par de tels sentiments et risquer de faire revenir un homme dans ma vie. Ma main caresse mon ventre et mon envie sexuelle est si délicieusement présente que de petits papillons virevoltent dans mon bassin. La dernière fois que j'ai ressenti du désir pour quelqu'un remonte à tellement d'années. Et si je ne savais plus comment faire ? Et est-ce que tout fonctionne encore correctement après si longtemps ? Comment puis-je imaginer un instant tenter une nuit torride avec Yann si moi-même je ne sais plus si je peux prendre du plaisir à l'acte ?

Ma peau devient sensible au contact du tissu. Ma main continue à caresser mon ventre puis commence à descendre vers mon entrejambe. J'expire profondément. Je retrouve enfin l'envie et le plaisir de me toucher. Je ne m'étais pas sentie féminine depuis bien trop longtemps. Je n'allais pas risquer de tout gâcher avec Yann, et même si j'en meurs d'envie, ce soir, je prendrai du plaisir seule.

Une palpitation brûlante me fait ouvrir les cuisses. Tout en me caressant, j'imagine Yann.

Hmm, c'est si bon.

Je soupire. Je n'arrive pas à croire qu'il a réussi à raviver la flamme qui s'était éteinte en moi. Je croyais l'avoir perdue pour toujours, en même temps que ma dignité. Depuis combien de temps avais-je honte de mon corps ? De ma sensualité ? Si seulement les réponses n'étaient pas si douloureuses. Non, ce soir, je ne laisserai pas mon ex reprendre le dessus. Je le chasse de mes pensées et je reviens sur le corps athlétique de Yann.

Les yeux clos, je poursuis mon mouvement avec plus de vigueur. Les muscles de mon corps se détendent. Mes jambes se caressent par des mouvements doux et voluptueux. Alors que je me laisse aller sous le plaisir de mes doigts, les battements de mon cœur s'accélèrent. Une sensation étonnamment délicieuse me traverse, me coupant le souffle. Je n'avais pas évoqué de fantasmes depuis des années, mais ce soir, je suis seule à m'amuser avec mon corps. Personne pour jouer avec mes sentiments, à faire l'amour sans prêter attention à mon propre plaisir. Ce soir, je prends soin de moi. Je laisse mon esprit m'emporter vers une scène, ravivant les souvenirs érotiques depuis longtemps disparus d'un homme qui m'aime telle que je suis et qui a autant envie que moi de donner du plaisir.

Hmmm.

Dans l'excitation, je prononce « Yann » sans vraiment m'en rendre compte et étouffe un long gémissement lorsque mon entrejambe se met à m'envoyer des montées d'extase.

Un pur bonheur dont j'avais oublié l'existence. Dans mes souvenirs, je n'avais même jamais connu cela avec mon ex. Seule ma main savait déclencher des orgasmes. Voilà une autre bonne raison de rester célibataire.

CHAPITRE 12

YANN

Je viens à peine de la quitter et mon cœur se serre. L'envie qu'elle m'appelle et me demande de rester est tellement forte. Mais ce serait succomber à mes pulsions, et ma tête, ce stratège intérieur, me dit de résister à la tentation. Les dernières années de ma relation avec Amanda étaient sans amour. Il n'y avait plus aucun geste d'affection, seulement des disputes qui avaient pris la place de nos moments à deux. Elle m'avait même relégué dans la chambre d'amis, comme si j'étais devenu son colocataire malgré moi. Et pour couronner le tout, elle m'avait remplacé par une amie rencontrée lors d'une de ses sorties. Et je suis resté là, tel un témoin muet d'une scène de soap opera qui n'avait plus de sens. Encore aujourd'hui, je ne sais pas pourquoi. Quel gâchis ! Tant d'années de ma vie perdues pour une femme qui n'en valait pas la peine.

Adossé contre le mur du couloir, j'attends. Juste au cas où. Les minutes passent et elle ne m'appelle pas. J'entends la douche. Est-ce que je me serais fait des idées ? Probablement. Comment une si belle femme pourrait avoir envie d'un gars comme moi ? D'autant plus après ce qu'elle vient de vivre.

Depuis que j'ai fait la connaissance de Simon, qu'il m'a aidé à m'en sortir, m'a formé et offert un toit, ma vie est un long fleuve tranquille dans lequel j'aime me laisser flotter. Pas de contraintes. J'étais bien jusqu'à ma rencontre avec Ambre. Maintenant, mon cerveau me crie l'inverse de ce que réclame mon corps et je hais ça. Mon cœur souffre rien que d'avoir fermé cette foutue porte qui nous sépare. Je déteste ressentir ce besoin viscéral d'être auprès d'elle. Telle une charmeuse de serpents, elle a réussi à faire danser mon cœur au gré de son bon vouloir. Et mon mental est devenu de la compote qui n'arrive plus à me faire garder ma ligne directrice qui est de ne pas tomber amoureux.

Je fais quelques pas pour regagner ma chambre, tout à côté de la sienne. Vêtu d'un pantalon souple en coton, je me mets sur mon lit comme tous les soirs, en position du tailleur pour effectuer ma méditation quotidienne. Les yeux fermés, mes pensées se tournent vers elle, encore. Je tente de les chasser de mon esprit, mais je l'entends juste de l'autre côté du mur. Elle a dû s'installer dans son lit, à peine à quelques centimètres de moi. Je pourrais presque ressentir sa présence à mes côtés.

Je secoue la tête comme si cela pouvait éjecter ma vision d'elle de ma tête. J'inspire fortement, gonfle mon thorax, remplis mon ventre d'air et je souffle par la bouche en creusant un petit trou entre mes lèvres. L'air s'échappe en un fin filet, tout doucement. Je garde les yeux fermés et je me concentre sur ma respiration ventrale. Quelques minutes passent, j'arrive à calmer mes ardeurs, mais quelques bruits viennent me hanter.

Mais que fait-elle ?

CHAPITRE 13

Je m'éveille, enveloppée de chaleur et reposée comme jamais. Même si un léger mal de tête tambourine toujours dans mon crâne, il est, heureusement, bien moins agressif que la veille. Un lit douillet m'avait manqué depuis que j'ai troqué le confort pour vivre mon rêve dans mon chalet. Pourtant, rien ne vaut la sensation de liberté que j'éprouve chaque jour depuis que j'ai réalisé mon rêve d'enfance. Je me souviens de cette minuscule maison abandonnée que je pouvais observer chaque jour en marchant pour aller à l'école. Une maison perdue au milieu des champs, sur laquelle les commérages du voisinage racontaient des histoires sombres concernant la famille qui l'habitait autrefois. Jamais elle n'avait trouvé acquéreur. Et secrètement, je rêvais d'y vivre lorsque je serais plus grande. J'étais jeune, et depuis, j'ai déménagé tellement de fois. Je me demande si cette maison existe encore. Depuis le temps, elle a dû être détruite et remplacée par un immeuble.

La tête confortablement installée dans le creux de mon oreiller, la couette comme seul compagnon de nuit, un bruit de l'autre côté du mur, à quelques centimètres de moi, m'interpelle.

Y a-t-il quelqu'un dans la chambre d'à côté ?

Je m'arrête de bouger, retenant au maximum ma respiration, mes oreilles à l'affût du moindre son qui pourrait m'avertir de la présence d'une personne dans l'autre chambre. Et si c'était le cas, m'a-t-elle entendue cette nuit ? M'a-t-elle entendue prononcer le prénom de Yann au moment de jouir ? Tout mon corps se met à chauffer et ma respiration s'accélère sous la pression.

Plus rien.

C'est sans doute le vent ou une branche qui a cogné contre le mur extérieur. Je jette un regard vers la fenêtre. La tempête s'est calmée, mais il y a toujours du vent. C'est une région venteuse, du moins elle l'est devenue avec le changement climatique et l'augmentation des tempêtes qui en découle.

Je prends mon courage à deux mains, me lève de mon lit avec soin sans prendre appui sur mon genou mal en point et attrape les vêtements disposés sur la table de chevet. Mon genou reste douloureux, mais il commence déjà à cicatriser. Ma tête, toujours sensible au niveau de l'impact avec l'arbre, semble-t-elle aussi entamer son chemin vers le rétablissement. Il est temps que je rentre ce matin, sans inquiéter davantage mon hôte. La maison me manque. Y a-t-il des dégâts ? L'inquiétude me gagne. Il faut que je me dépêche d'y retourner. Avec hâte, je me prépare et sors de la chambre aussi vite que me le permet ma démarche.

Je referme la porte derrière moi, Yann fait de même, fermant la sienne, juste à côté de la mienne. Mes joues rougissent de honte et mon regard descend vers le sol comme s'il espérait pouvoir se cacher tel que le ferait une autruche, la tête sous terre.

— Salut, bien dormi ?

— Salut.

Ma voix, presque un murmure, accompagne le soulèvement de ma tête.

Il me regarde, un sourire aux lèvres.

Attends, il n'a pas entendu mes divagations nocturnes, n'est-ce pas ? Si ?

Mon cœur s'emballe, et mes mains se font moites.

— C'est ta chambre ?

— Exact, plaisante-t-il.

Ce n'est plus du rouge mais un pourpre éclatant qui monte à mes joues. Je ne sais plus où me mettre. Les souvenirs de la nuit passée, quelle horreur. J'espère qu'il ne m'a pas entendue.

— T'a nuit s'est bien passée ?

Son sourire s'accompagne d'une lueur malicieuse.

— Oui, très bien.

Il s'approche de moi. Mes bras se couvrent de chair de poule.

— Besoin d'aide ?

— Non, je vais me débrouiller.

— Allez, laisse-moi t'aider.

Il place son bras sous le mien, le faisant glisser le long de mon dos. Son souffle réchauffe mon visage, puis mon cou lorsqu'il se colle à moi. Ses lèvres effleurent ma peau et ce contact inattendu me fait tressaillir. Cette promiscuité me donne envie d'avancer mes lèvres sur sa peau, de la goûter, de l'embrasser.

Mais je ne dois pas.

Je pose une main sur son pectoral pour éviter de perdre l'équilibre. Il pose sa main contre la mienne, son autre bras me plaque contre lui. Je lève les yeux. Nos regards se croisent. Je meurs d'envie de l'embrasser et je suis persuadée que lui aussi. Sinon, il ne jouerait pas avec moi tel qu'il le fait là. Son cœur bat la chamade sous mes doigts.

— Yann, chuchoté-je langoureusement.

— Oui, murmure-t-il.

Ses lèvres descendent vers les miennes. L'envie est intense, mais la raison me pousse à reculer d'un pas.

— Je suis désolée, je ne peux pas.

Il retient ma main contre son torse, tâchant de ne pas la laisser s'échapper loin de lui.

— C'est moi, je ne voulais pas te brusquer. La journée d'hier a réveillé en moi tellement de sentiments, et t'entendre cette nuit m'a confirmé que c'était réciproque.

Ma main se met à trembler. Quelle honte, il m'a entendue !

— Tu me plais énormément. Depuis le collège …

— Depuis le collège ? me coupe-t-il.

— Tu vas me prendre pour une folle, mais oui. J'étais amoureuse de toi au collège, et pendant des années j'ai comparé mes petits amis à toi… et maintenant, on est là tous les deux.

Il recule d'un pas mais garde ma main sous la sienne.

— Waw… Je ne sais pas quoi dire.

— Tu n'as rien à dire. Je crois qu'il est temps que je rentre chez moi.

— Tu veux rentrer tout de suite ?

— Oui, j'ai besoin de voir dans quel état est ma maison, et rester ici… C'est trop compliqué d'être là, avec toi. Mon cerveau est en ébullition et ce n'est pas bon.

Il soupire en relâchant ma main.

— OK, je te ramène.

***

Pas un mot ne s'échange entre nous de tout le trajet. La gêne m'étreint, me poussant à me demander pourquoi diable j'ai décidé de tout lui raconter. Il ne me pardonnera jamais de lui avoir caché cela, et en plus, je me suis donnée en spectacle avec mon jeu sexuel. Chez lui. Quelle image doit-il avoir de moi à présent ? Des larmes menacent de perler le long de mes yeux, que je m'efforce de dissimuler.

J'ai tout fichu en l'air ! Mais pourquoi est-ce que je me lamente ainsi ? Après tout, mon projet est de vivre seule et de rester célibataire, n'est-ce pas ?

Pourtant, le silence qui règne dans la voiture me déchire le cœur. Il doit me prendre pour une folle. Peut-être même qu'il pense que je le harcèle. Que je suis une psychopathe. Après ça, il ne me fera plus jamais confiance. C'est certain.

CHAPITRE 14

YANN

Lorsque nous atteignons son terrain, des branches brisées jonchent le sol là où je gare la voiture. La pluie s'est finalement calmée, laissant derrière elle une fine brume. Mon premier pas s'enfonce dans la boue qui a envahi chaque interstice de l'allée. Sans attendre, Ambre sort de la voiture. Elle glisse, mais parvient à se rattraper à la portière. Je la rejoins rapidement, saisissant son bras.

— Es-tu sûre de vouloir rester seule ? demandé-je.

— Ça va aller.

— Je ne suis pas très rassuré. Je préférerais que tu reviennes avec moi, juste le temps que tu puisses marcher correctement à nouveau.

— Ne t'inquiète pas, je suis solide. Tout va bien se passer, assure-t-elle avec sérieux.

— Alors laisse-moi au moins te raccompagner à l'intérieur.

Elle hoche la tête et me guide vers la porte d'entrée. D'un tour de clé, elle s'ouvre sur sa modeste demeure. Un sourire éclaire son visage. Je l'aide à franchir le pas de la porte, et nous entrons. Sa cuisine et son salon ne font qu'un. J'en fais rapidement le tour. L'espace ne doit pas dépasser les trente mètres carrés. J'observe Ambre ouvrir la baie vitrée. Ce lieu lui va à merveille. Simple et minimaliste.

— C'est tout toi.

Elle se retourne vers moi, le sourire aux lèvres.

— Je n'ai pas eu grand-chose à faire, juste à donner un coup de neuf aux lambris, rénover quelques meubles et trouver des objets de seconde main.

— Pour ça, on connaît un chouette endroit.

— C'est clair, ajoute-t-elle avec un demi-sourire entendu.

D'un geste, je replace mes cheveux en arrière, et je la rejoins à l'extérieur.

— Après ce que tu m'as confié ce matin, devrais-je m'inquiéter de te croiser au marché ou à la recyclerie ? demandé-je, cherchant des réponses dans ses yeux.

Elle éclate de rire, bien que je puisse voir ses joues rosir à nouveau. C'est si mignon, sa timidité me touche.

— N'importe quoi, tu sais bien que j'y étais avec Barbara. Et puis je te rappelle qu'à l'école, tu ne m'as jamais remarquée. Alors, j'ai accepté qu'il n'y ait jamais rien entre nous et j'ai fini par passer à autre chose.

L'expression d'Ambre passe d'une moue à une bouche descendante et triste. Je m'approche d'elle et la serre contre moi.

— Je suis vraiment désolé si je t'ai blessée autrefois. Tu sais, je n'ai jamais tellement fait attention aux femmes. Je vis dans ma bulle, c'est tout. Si mon ex n'était pas venue vers moi, jamais je ne serais sorti avec elle. J'étais bien trop timide et idiot à l'époque.

Son corps tressaille dans mes bras, elle rit tout en me fixant. Le charme de son regard, les petits plis qui se forment au coin de ses yeux. Elle est si belle lorsqu'elle rit.

— Je crois qu'on était tous idiots à notre manière à l'adolescence.

— Sans doute.

Le soleil essaie de transpercer la brume, sublimant les fines gouttelettes d'eau qui scintillent sur l'herbe et les feuilles des arbres. Les fleurs plantées par Ambre n'ont pas survécu à la tempête. Le potager ressemble à un marécage où les graines qu'elle a mises en terre avec soin ont été noyées ou détruites par la force des grêlons.

— Il va y avoir du travail pour tout refaire.

— Ce sont les aléas de la nature.

— C'est sûr, mais ce n'est pas cool. Tu devrais installer une bonne serre, pour avoir toujours des légumes en sécurité. On en a une au centre, c'est très pratique. On peut même avoir de la production en hiver.

— C'est prévu, dès que j'aurai le temps.

— Oui, bien sûr, chaque chose en son temps.

Mon téléphone vibre, je le sors de ma poche et regarde l'écran un moment.

— C'est un message de Simon. Ils sont sur le chemin du retour, ils ne devraient pas tarder à arriver. Il a prévu une surprise pour Barbara, je dois rentrer. Je suis investi d'une partie de la mission.

— Tu as le droit de me le dire ou c'est un secret ?

— C'est un secret, juste au cas où Barbara t'appelle. Je ne voudrais pas tout gâcher.

— Elle ne m'appelle jamais. D'habitude, elle vient directement ici, elle sait que je ne bouge pas trop de chez moi.

— D'accord.

Je prends un moment pour réfléchir, mais je ne peux pas me permettre de prendre de risque.

— Je vais quand même jouer la carte de la prudence. Elle te racontera, ce sera encore plus mignon comme ça.

Ambre me sourit.

— Tu peux au moins me donner un indice ?

Je ricane.

— Tu vas devoir prendre ton mal en patience, lui dis-je en me dirigeant vers la porte d'entrée.

— Allez, est-ce qu'il va la demander en mariage ?

— Je ne te dirai rien.

Je m'en vais avant qu'elle n'insiste davantage. Je ne résisterai pas longtemps face à elle. J'ai du mal à lui dire non, elle est si adorable avec sa petite moue boudeuse.

CHAPITRE 15

AMBRE

Le son des talons de Barbara résonne depuis la terrasse, m'alertant immédiatement de son arrivée. J'ouvre avant qu'elle n'ait le temps de faire vibrer la porte de son poing énergique.

— Salut ma belle, me dit-elle d'un ton radieux.

— Salut, dis donc, tu as l'air d'avoir passé un super week-end.

— C'est peu dire.

Elle m'observe de la tête aux pieds.

— Yann m'a parlé de ton accident, ça va ?

— Ça se répare.

Elle me sourit chaleureusement et je lui fais signe d'entrer. Elle se dirige directement vers la baie vitrée et s'installe dans l'unique fauteuil qui s'y trouve.

— Faut que je te raconte, annonce-t-elle.

— Je suis tout ouïe.

Je m'assieds sur la chaise de ma table de cuisine.

— C'était un de ces mariages ! s'exclame-t-elle en balançant une main dans tous les sens. Caroline et son chéri ont loué un château énorme, ce sont certainement ses parents à elle qui ont payé. Faut toujours qu'ils en fassent des tonnes.

— Tu as des photos ?

— Bien sûr.

Elle sort son téléphone, qui est rempli de photos qu'elle s'amuse à me faire découvrir. La robe de Caroline est somptueuse, une traîne impressionnante.

— Quel dommage qu'Émilie n'était pas là. Elle aurait tellement aimé voir sa sœur habillée en princesse. Elle était magnifique dans sa robe.

— C'est certain, mais je suis sûre que de là où elle est, elle a pu vous voir tous heureux.

— Je l'espère, soupire-t-elle.

— En parlant de mariage, tu n'as pas quelque chose à me dire ?

— Si, si, après… Regarde mon cousin, quelle andouille celui-là.

Elle me montre la photographie de Joël, toujours aussi beau gosse. Vêtu d'un jean noir moulant et d'un t-shirt blanc laissant apparaître ses tatouages, il discute avec une ravissante jeune fille.

— Attends, j'en ai d'autres de lui. Il a tenté sa chance avec plusieurs des filles, mais ce qu'il ne savait pas, c'est que je les avais déjà toutes briefées sur l'énergumène.

Nous rions de la tête de Joël sur l'une des dernières photos. L'une des jeunes femmes qu'il essayait d'amadouer lui écrase méchamment le pied avec des talons de onze centimètres.

— Celle-là, il ne l'a pas volée.

— Oh le pauvre. Ça a dû faire mal.

— Le pauvre ? Tu rigoles, c'était au moins la sixième fille qu'il voulait séduire. Quelques minutes avant, il s'était rabattu sur la sœur de celle-ci.

Elle me remontre la dernière photographie.

— Il n'a jamais tenté de rester avec une fille ? Il veut juste des histoires d'une nuit ?

— Je crois bien… En fait, si, il était une fois avec une fille quelques mois. Il devait peut-être avoir quinze ou seize ans. Mais ça n'a pas marché.

— C'est lui qui est parti ?

— Non, c'est elle, il me semble. Je crois qu'elle avait un autre copain en même temps et puis finalement, elle a choisi l'autre mec.

— Alors on sait pourquoi il est comme ça maintenant.

— Certainement, mais tu sais, il a tendance à fuir dès que l'on parle de choses sérieuses. Ce n'est pas sa tasse de thé. Mais comme pote, il est super. T'as pu voir ça.

— C'est vrai, il est sympa lorsqu'il n'est pas en train de me draguer.

Barbara se désopile en repensant à la dernière soirée que nous avons passée ensemble. Joël est un beau gosse à couper le souffle, mais il ne possède pas cette étincelle qui me fait vibrer lorsque je vois Yann.

Elle range son téléphone et jette un œil espiègle vers moi.

— Je sens que tu t'impatientes.

— Ah bon ? ricané-je.

— Hier, lorsqu'on est rentrés au centre, Simon m'avait réservé une surprise.

Je glousse. Je vais enfin pouvoir mettre fin à ce supplice. Je n'ai aucune patience. La curiosité est mon vilain défaut.

— T'es déjà au courant ? Yann t'a raconté ?

— Non, il n'a rien voulu me dire.

— OK… Alors, quand on est arrivés, il y avait des pétales de rose sur le paillasson. Au moment d'ouvrir la porte, il m'a portée dans ses bras. Et je me suis dit : *Merde, il va me demander en mariage.*

Elle s'essuie le front.

— Tu ne veux pas te marier avec lui ?

— Ça va pas ? Je l'aime à mourir, mais non. On est très bien comme ça. J'aime bien garder ma liberté, je n'ai pas besoin d'avoir la bague au doigt pour me sentir aimée.

— Et du coup, il l'a mal pris ?

— Attends, je n'ai pas fini, soupire-t-elle. On a passé la porte, et là, il y avait tout plein de pétales de rose rouge sur la table de la cuisine. Alors moi, je m'attendais à ce qu'il me sorte le grand jeu, se mette à genou et sorte un écrin à bijou de sa poche. Mais en fait, non.

Elle s'interrompt un instant avant de reprendre.

— En fait, il m'a portée jusqu'à la table puis il m'a posée en m'embrassant. Je ne te dis pas le baiser. Oh... il est si craquant...

Son sourire s'agrandit en même temps que son regard qui part dans le vague.

— Allez, continue. Qu'est-ce qu'il a fait alors ?

Elle se penche vers moi et prend ma main dans la sienne.

— Après ce baiser, il m'a demandé de chercher.

— De chercher quoi ?

— Ah ah... Est-ce que je te le dis ?

— Arrête, sinon j'appelle Yann.

Barbara s'esclaffe d'une voix haute et porteuse, comme à chaque fois qu'elle savoure l'effet du suspense qu'elle crée chez les autres. Elle aime raconter des histoires et encore plus faire bouillir d'impatience son auditoire.

— En fait, je devais fouiller dans chaque tas de pétales pour trouver quelque chose. Dans celui sur la table, j'ai trouvé une enveloppe avec dedans deux billets pour aller à un concert de jazz. Il aime bien le jazz, moi un peu moins, mais bon.

Elle fouille dans son sac.

— Tu veux les voir ?

— Non ! m'écrié-je. Allez…

— OK, OK, ensuite je devais suivre les pétales. Il y avait comme un chemin. Dans le deuxième tas, j'ai trouvé une paire de boucles d'oreilles. Deux petits cœurs en argent. Il est trop adorable.

Ses yeux se plissent, et son air mutin est trop mignon. Elle tourne la tête d'un côté puis de l'autre, me montrant ses oreilles portant son cadeau.

— Il y avait un troisième tas, dans sa salle de cours. Allez, essaie de deviner.

— Je n'ai pas envie de deviner, je veux savoir la fin.

— T'es pas joueuse. J'ai trouvé un livre de voyage sur Bali. Et dedans... il y avait quoi ?

— Je ne sais pas, il va t'emmener en vacances ?

— Oui. Deux billets pour Bali ! se réjouit-elle.

— Ouah, tu en as de la chance. C'était ça la fameuse surprise ?

Barbara se bidonne seule dans le fauteuil. Et moi je vais exploser d'impatience.

— J'aime trop ta tête. C'est trop marrant… Non, ce n'est pas ça la méga surprise. Il y avait un quatrième tas, dans sa chambre… Ah ah… Je te laisse deviner ou t'en peux plus d'attendre ?

— C'est la bague ? Non, attends, montre-moi ta main.

Barbara tente de cacher sa main gauche sous sa cuisse.

— T'aurais dû vérifier ça dès que je suis arrivée.

— Arrête, allez, dis-moi !

— J'ai trouvé une boîte en carton et dedans il y avait une clé.

Elle sort la clé de son sac.

— Et il a même fabriqué le porte-clés avec ce ruban rouge. C'est pas trop beau, hein ?

— Oui. Alors ça y est, tu vas aller habiter avec lui ?

— Oui, dit-elle d'une voix enfantine.

— Je suis heureuse pour toi.

— Merci, c'est gentil.

— Après tout ça, quand est-ce que tu vas me le présenter ?

— Là, il repart en stage pour une dizaine de jours, mais si tu veux, le vendredi qui suit ? Tu pourrais venir manger à la maison.

— J'adorerais.

— Alors le rendez-vous est pris.

CHAPITRE 16

YANN

Une semaine s'est écoulée depuis que je n'ai pas vu Ambre. Juste un texto pour me confirmer que tout allait bien. Pas une seule journée ne se passe sans que sa présence me manque. Elle a réussi à me rendre accro, telle une drogue dont on ne peut se défaire. J'essaie de la chasser de mes pensées par tous les moyens, mais sans succès. Mon ex, cela avait été simple de l'éloigner de mon cœur. Il me suffisait de me remémorer la manière dont elle a été avec moi, comment elle adorait passer ses nerfs sur moi et de revoir la femme qui a pris ma place dans son lit. J'ai été lâche envers moi-même. La peur de quitter ce que je connaissais depuis des années, la peur de l'inconnu. Il m'aurait suffi de la quitter dès qu'elle a commencé à vider mon compte en banque et à me faire tous les reproches du monde. C'était devant mes yeux, mais je ne voulais pas l'accepter. D'un autre côté, si j'étais parti dès le début des ennuis, aurais-je la vie que j'ai aujourd'hui ? Aurais-je rencontré Simon ? Ambre ?

Posté devant le van du centre, je claque la porte latérale. Le soleil est radieux et je viens de réceptionner le matériel que j'ai commandé chez le détaillant du coin. Le tout est déjà entreposé dans le véhicule, il ne me reste plus qu'à prendre la route et à faire la surprise à Ambre.

Je fais un petit détour par le village avant de repartir dans le sens inverse, les croissants et les petits pains bien au chaud dans leurs sacs respectifs posés sur le siège passager. J'espère qu'elle ne m'en voudra pas pour les emballages gaspillés. La prochaine fois, il faudra que je pense à emporter une boîte.

Dix minutes plus tard, je suis garé dans son allée, à l'arrière de son chalet. Une autre voiture est déjà garée, en plus de celle de la propriétaire des lieux. Je sais déjà qui est présent, et je me demande si cela vaut le coup que j'aille la voir. Je ne vais certainement pas apprécier ce que je vais voir. Je finis quand même par sortir et prendre les sacs tièdes en main. Je m'avance vers le bruit qui résonne dans toute la vallée. Fais le tour du chalet pour aller à l'avant. Deux hommes creusent un trou près de la terrasse, celle qui donne sur la baie vitrée et la vue panoramique sur les montagnes environnantes. Ambre se retourne en m'entendant arriver.

— Salut.

— Salut Ambre, les gars.

Je les salue de la main, le cœur serré. J'observe Albrecht et Joël, l'un se reposant sur sa pioche, le t-shirt sur les épaules laissant apparaître ses muscles saillants sous sa peau bronzée, le second qui s'affaire à enlever la terre et les rochers de grès rose que Joël a certainement cassé à coup de pioche.

— Salut, répondent-ils en chœur.

Ambre s'approche de moi, le sourire aux lèvres.

— Je ne savais pas que tu devais venir.

— Je voulais te faire une surprise.

— Eh bien tu as réussi. Je suis contente de te voir.

— Tu es sûre ? Parce que je ne voudrais pas déranger.

— Tu ne me dérangeras jamais.

Malgré son sourire, je sens une pointe de jalousie s'insinuer en moi. Je lui tends les pâtisseries.

— J'ai apporté le petit déjeuner, vu l'heure je me suis dit que tu n'aurais certainement pas encore mangé ce matin.

— Je ne dis jamais non à des petits pains.

Elle pose les emballages sur la table du jardin.

— Je reviens, je vais préparer du café. Qui en veut ?

Deux mains se lèvent. Son regard se porte alors sur moi.

— Tu préfères un thé ou une tisane ?

— Une tisane, merci.

Elle s'éclipse à l'intérieur. Albrecht sort de son trou et laisse Joël donner des coups de pioche afin de continuer de l'agrandir.

— Vous faites quoi ?

— Un bassin.

— C'était prévu ?

— Non, on lui a fait la surprise, comme toi.

Il me donne un coup de coude dans les flans, mais cela ne réussit pas à faire naître un sourire sur mon visage. Mon expression se fige.

— On lui a demandé ce dont elle avait besoin pour avancer dans les travaux. Elle nous a proposé le bassin. Tu m'étonnes, comment tu veux qu'une brindille arrive à fendre les rochers !

— Et pourquoi Joël est avec toi ?

Un large sourire se dessine sur le visage d'Albrecht tandis que le mien s'écrase au sol.

— Tu le connais, il va tenter sa chance avec la belle. Faut dire que c'est un beau brin de fille, qui ne serait pas intéressé. Hein ?

Son sourire me fait mal. Bien sûr que Joël va tenter sa chance. Quelle fille ne rêverait pas de mettre un musicien aussi séduisant dans son lit ?

— À ce qu'elle m'a dit, elle ne cherche pas de petit ami !

— Ben, lui non plus ne cherche personne. Mais pour une nuit, va savoir. En tout cas, elle ne nous quitte pas du regard et il est plutôt beau gosse. Hein ?

— Mouais.

Je quitte la terrasse pour rejoindre celle qui va me briser le cœur.

— Écoute, je crois que je vais rentrer. Je reviendrai une autre fois.

— Mais non, pourquoi ? Reste avec nous.

— Je reviendrai.

Je m'élance vers l'ouverture laissée par la baie vitrée, mais Ambre me rattrape et se positionne devant moi, sans penser un instant à son genou encore meurtri par son accident d'il y a quelques jours.

— Tu es venu exprès, tu ne vas pas repartir si vite.

Ses yeux vert marron, beaux et intrusifs me scrutent avec insistance, comme si elle cherchait à me percer à jour. Mon cœur se serre dans ma poitrine. Je ne peux pas rester.

— J'ai encore plein de choses à faire au centre.

Je l'effleure en passant à côté d'elle, sans faire exprès. Elle se retourne et me regarde m'éloigner. Alors que je m'approche du van, elle m'appelle.

— Attends, pourquoi tu es venu ce matin ?

L'inquiétude et la jalousie s'élèvent en moi, des émotions que je ne peux ignorer. Les mots redoutés prennent forme dans mon esprit, et la peur de la perdre me tenaille. C'est un sentiment que je déteste éprouver.

J'ouvre la porte latérale, lui dévoilant ainsi le matériel que j'ai apporté.

— Je vais mettre tout ça dans ta grange et je reviendrai un autre jour pour le monter.

— C'est quoi ?

— Je vais t'installer une serre. Comme ça, tu pourras toujours avoir de quoi manger, même en cas de nouvelle tempête.

— C'est adorable, merci.

Elle me saute au cou et m'embrasse sur la joue. Je la prends dans mes bras, mes mains la tenant fermement contre moi. Je n'ai aucune envie de partir, mais si je reste, elle finira par me faire du mal. Un jour ou l'autre, elle trouvera mieux, et cette fois-ci, je n'arriverai pas à m'en remettre. Avec Ambre, tout ce que je ressens est démultiplié. C'est trop risqué pour moi.

Ses bras m'encerclent. Je peux sentir la vitesse à laquelle bat son cœur contre mon torse. La chamade. Pourquoi l'amour est si douloureux ? Je n'ai vraiment pas envie de la libérer de mon étreinte. J'aimerais tant savoir si elle ressent la même chose que moi et si je peux lui faire confiance.

Le bruit du gravier qui s'écrase et Joël qui entre dans mon champ de vision me font perdre tout espoir. Toujours le torse nu, un jean moulant qui laisse apparaître sa masculinité. Le beau gosse dans toute sa splendeur.

CHAPITRE 17

AMBRE

Avril 2023

Vendredi soir. Barbara ne va pas tarder à débarquer, secouant ma terrasse de sa manière si naturelle. Ce soir, je vais enfin rencontrer Simon après en avoir tellement entendu parler. J'ai l'impression de le connaître. Peut-il être aussi merveilleux que Barbara le sous-entend ? Je pousse un rire intérieur. Quel homme pourrait être aussi parfait ?

Et voilà que le cliquetis des talons de ma chère voisine fait résonner ma maison. Parée de mes chaussettes bien chaudes, je me laisse glisser telle une patineuse jusqu'à la porte.

— Salut ma belle.

— Salut.

En quelques cliquetis de plus, Barbara s'installe à son endroit préféré, son fauteuil fétiche.

— Comme je l'adore, celui-là. J'aurais dû l'acheter à ta place au magasin de récup.

— Trop tard, il a trouvé sa place ici.

Je monte les premières marches de l'escalier lorsque Barbara me stoppe dans mon élan. Elle opère un demi-tour dans le fauteuil et fanfaronne :

— Au fait, tu viens toujours avec nous demain pour le stage ?

À son intonation, je sais que je n'ai pas trop le choix.

— Oui.

Elle lève le poing.

— Yes, j'ai hâte.

Je reprends la montée vers ma chambre.

— Je termine juste de me préparer.

Elle se retourne et s'affale dans le fauteuil, observant le coucher de soleil qui est d'un orangé et rose saumoné, comme quasiment tous les soirs depuis que je suis arrivée.

— Pas de souci, je t'attends ici. Je profite de la vue.

Il me reste à poser mon khôl noir et une pointe de rouge à lèvres rouge carmin. Je descends avec empressement, enfile mes santiags et ma veste.

Nous quittons mon havre de paix pour rejoindre le centre. Barbara gare sa voiture devant l'entrée où nulle autre voiture n'est garée sur le parking visiteur. Ce soir, Simon sera tout à elle. Et un peu à moi. Je suis bien curieuse de découvrir ce qu'il a de si extraordinaire.

Le chemin en pas japonais est éclairé par la lumière de la cuisine qui illumine l'imposante vitre qui prend tout l'arc voûté d'une ancienne porte de grange. Nous pouvons apercevoir Simon à travers, qui prépare le repas. Un pantalon bleu clair, une chemise blanche aux manches retroussées, et par-dessus, un tablier gris en lin. Barbara n'a pas le temps de toquer que Yann se trouve de l'autre côté, prêt à nous ouvrir la porte, un verre à la main. Elle fait un petit saut. La fraîcheur du soir taquine nos jambes dévêtues, passant sous nos jupes.

— Salut.

Je ne l'ai pas revu depuis qu'il a quitté mon jardin précipitamment dimanche dernier. Et je n'ai pas osé lui écrire. Son regard accusateur lorsqu'il a vu Joël me rejoindre m'a un peu refroidie. Je suis certaine que lui aussi se met à m'imaginer et à me considérer comme quelqu'un que je ne suis pas. Ce sont tous les mêmes. La jalousie l'emporte sur la confiance.

Il nous accueille avec un sourire enjoué qui se dessine sur ses lèvres charnues.

Barbara l'embrasse sur les joues, et je la suis dans le mouvement.

— Je ne savais pas que tu serais là.

Il me regarde de toute sa hauteur comme s'il ne s'était rien passé dimanche.

— Je suis content de te voir.

Mon cœur palpite à ces mots. Mes inquiétudes disparaissent, du moins presque toutes.

— Moi aussi je suis ravie de te voir.

J'affiche mon plus beau sourire.

— Je ne pouvais pas manquer cette occasion.

Son visage descend vers ma jambe. Ma jupe s'arrêtant au-dessus des genoux, il peut noter que je n'ai plus de bandage. Juste une peau meurtrie qui a besoin de terminer de se réparer.

— Je vois que tu vas mieux.

— Oui, je peux à nouveau courir.

Il passe sa main dans mon dos et m'emmène vers l'îlot de la cuisine. Simon ajoute des amandes sur deux truites, puis met le plat au four. À peine a-t-il le temps de se retourner que Barbara plonge sur lui pour l'enlacer et l'embrasser savoureusement. La main de Yann caresse mon dos et il se tourne légèrement vers moi. Une mèche de ses cheveux tombe vers l'avant, il la remet en place, derrière l'oreille.

— Tu vas devoir faire la queue, ils sont partis pour un petit moment.

Je les contemple, ils sont si beaux. Une lueur d'espoir fuse dans mon esprit. Le bras de Yann rejoint ma taille. Je sens sa main. Chaude. Je me sens bien si près de lui. Je penche la tête et j'observe l'éclat bleuté dans ses yeux verts.

— J'ai le temps.

Des rires nous rattrapent. Barbara se tourne vers nous sans lâcher son homme.

— Désolée, il m'a trop manqué.

— Je comprends, il est parti longtemps.

Simon me fait un signe de la main.

— Salut.

Je me détache de Yann, sans grande envie de quitter ses bras apaisants, et j'avance vers Simon pour lui faire la bise.

— Je suis enchanté de faire enfin ta connaissance.

De l'or dans son regard. Des cheveux blonds et des mèches décolorées par le soleil. Je comprends pourquoi Barbara est sous le charme. Il a effectivement une certaine prestance. Un éclat revigorant.

— Merci pour l'invitation, moi aussi je suis ravie. Barbara m'a tellement parlé de toi que j'ai l'impression de te connaître. Mais c'est encore mieux de te voir en vrai.

Il acquiesce d'un sourire accompagné d'un clin d'œil à sa belle. Ça y est, il a le même tic que Barbara.

— Je termine de préparer le repas et je suis à vous. Allez-vous asseoir.

Yann me montre la direction du salon.

— J'ai sorti l'apéro.

Je le suis sans un mot. Sur la table basse, il a disposé une bouteille de vin blanc et de la crème de mirabelle.

— J'ai vu que tu aimais ça, me dit-il avec des yeux rieurs.

— Ah bon ?

Je ris et approche un verre afin qu'il puisse me servir.

Deux bières, une bouteille de champagne attendent dans un saladier rempli de glaçons. Une bouteille de Picon. Deux assiettes de toasts apéritifs, un grand plat avec un kougelhopf, ainsi qu'un bol de sticks.

— J'ai préparé des toasts à l'houmous, et des tartines flambées. La même recette que pour les tartes flambées, sauf que j'ai remplacé les lardons par du soja fumé. J'espère que tu vas aimer.

Baboum baboum.

Mon cœur s'envole dans les nuages du bonheur. Il met un tel point d'honneur à prendre soin de moi.

— C'est superbe, l'apéro typique alsacien, ça m'avait manqué.

***

L'alarme du four retentit, annonçant le départ du salon vers la table de la cuisine. Les garçons l'ont décorée de pommes de pin et de branches. Yann tire une chaise et m'indique d'un geste de la main que je peux m'y asseoir.

— Avec la tempête, j'ai eu l'occasion de faire le plein de branches. Cela m'a donné des idées pour ce soir.

— J'aime beaucoup.

Il s'installe à ma gauche. Nous sommes face à la baie vitrée. La nuit sombre de la nouvelle lune nous cache la merveilleuse vue sur la forêt. Barbara s'assied face à moi, et Simon fait de même avec Yann. Je pointe le bout de mon nez en direction de Simon et lui demande :

— Au fait, pour demain, c'est quoi comme atelier ?

— C'est un atelier de reconnexion à soi.

— C'est-à-dire ? Je n'y connais rien, ça va être une première pour moi.

— Tu vas adorer, me dit Yann.

Je lui souris, même si je ne suis pas certaine qu'il ait raison. D'ailleurs, qu'est-ce que ça veut dire ? Je suis dans mon corps, donc dans ma logique, j'y suis déjà connectée. La peau de Simon se plisse de chaque côté des yeux. À son sourire rassurant, je constate qu'il a dû remarquer mon désarroi.

— Avec la vie que l'on a de nos jours, où tout va à cent à l'heure, on ne prend plus le temps de se poser, ni d'écouter son corps, et encore moins ce que veut vraiment notre cœur. Cet atelier est une introduction à un stage qui se fait sur plusieurs mois. Demain, j'ai prévu un cours de yoga sans dégâts De Gasquet, de la méditation guidée, et quelques mantras à travailler chez soi pour avancer sur son chemin personnel.

J'écarquille les yeux, je n'ai rien compris.

— Tu vas devoir m'en dire davantage.

Barbara rigole dans son coin. Je dois faire une tête bizarre.

— Tu as la chance d'avoir déjà franchi une étape, tu as écouté ton cœur en réalisant ton rêve de créer ton havre de paix. La grande majorité de l'humanité ne fait que survivre, elle suit ce que les parents et l'État lui ont inculqué depuis l'enfance. C'est-à-dire travailler pour pouvoir avoir un toit sur la tête, de quoi manger, mais finalement, que vivent-ils ? Ils se lèvent, partent travailler, font des courses pour se nourrir et dépensent l'argent durement gagné pour payer les factures de leur maison, et tous les achats compulsifs qu'ils ont faits parce qu'au fond d'eux, ils pensent que c'est cela qui va les rendre heureux. Mais c'est rarement le cas. C'est une roue sans fin. La grande majorité effectue un travail qu'elle n'aime pas pour payer des factures d'objets qui sont censés rendre heureux. Ce n'est qu'au moment où l'on se pose réellement pour écouter ce qui se passe en soi que l'on peut modifier son chemin de vie et tenter de réaliser ses rêves.

Il s'interrompt un instant, lève les yeux comme s'il partait loin dans la réflexion.

— Trouver le bonheur et la paix est un sujet si vaste.

— C'est clair, ce n'est pas facile à trouver. Il y a tant d'embûches sur le trajet.

— Tout à fait. Mais lorsqu'on décide de s'écouter, la vie est quand même plus facile et plus belle.

— Sans doute, encore faut-il en être conscient.

— Absolument, c'est pour cela que j'ai lancé ce centre. Accompagner les gens qui souhaitent arrêter la roue du dictat pour enfin oser vivre leurs vies telles que nous sommes censés le faire en arrivant sur terre. C'est le rôle que je me suis donné, à ma petite échelle.

— C'est un beau projet. Et du coup, je reviens juste sur ton cours de yoga. C'est quoi déjà la technique que tu enseignes ?

— Le yoga sans dégâts De Gasquet.

J'esquisse un sourire hésitant. Mon index tapote la table et je me sens un peu confuse.

— Sans dégâts ? Mais … pourquoi, c'est risqué de faire du yoga ?

— Tout dépend de ton professeur, s'il a appris les bases de l'anatomie, ce qui n'est pas toujours le cas.

Du moins, pas de manière à faire un yoga qui respecte réellement le corps et ses organes profonds, contrairement aux idées que l'on peut s'en faire. C'est ce qu'on apprend lorsque l'on se forme au yoga sans dégâts, et c'est également ce que j'ai appris avec des yogis en Inde.

Je pose le menton entre mes doigts qui caressent ma bouche. Mon esprit bouillonne de questions.

— OK, eh ben j'en apprends des choses, ce soir. Du coup, c'est quoi le principe de ton yoga ?

— La femme qui a mis au point cette technique était professeur de yoga depuis une vingtaine d'années, Bernadette de Gasquet. Après avoir eu ses enfants, elle s'est rendu compte du mauvais positionnement des femmes au moment d'accoucher à la maternité, c'est là que lui est venue sa technique. Seulement, comme elle n'était pas médecin, personne ne souhaitait l'écouter. À trente-huit ans, elle a repris ses études pour obtenir son diplôme de médecin. Aujourd'hui, sa technique commence à être connue dans le monde entier, même au niveau sportif, car il y a des dégâts monstres sur le corps. Il suffit de voir les vidéos de ces femmes qui pissent sur elles au moment des concours de Cross Fit aux États-Unis, et le pire, c'est qu'elles en sont fières, alors qu'en fait, avec ce sport, elles se détruisent sans le savoir.

— Comment ça, elles se détruisent ?

— Ce yoga prend vraiment en compte notre anatomie, il protège notre périnée, nos articulations et nos muscles. Dans le sport, tout mouvement mal fait risque de créer des descentes d'organes et d'autres dégâts. Imagine un tube de dentifrice que l'on écrase au centre. Qu'est-ce qui se passe ?

Je visualise un tube de dentifrice sans son bouchon et je l'écrase de toutes mes forces. La pâte est expulsée.

— Tout le dentifrice en sort ?

— C'est ça, cela pousse tout ce qu'il y a dedans vers l'extérieur.

Je comprends l'analogie. J'imagine ce qui se passe dans mon corps lorsque je fournis un effort physique. Il se passerait donc la même chose en moi si je ne fais pas attention ? Aïe… Je sens un pincement dans mon ventre.

— OK.

— Dans le yoga sans dégâts, on applique une logique de respiration qui va soutenir le travail et ne l'aggrave pas. C'est-à-dire qu'on pratique une contraction périnéale sur l'expiration et on part dans le mouvement d'effort. Cela permet d'engager le muscle abdominal transverse, ce qui soutient les organes internes et fait travailler le diaphragme. Ça change tout.

Il prend une gorgée de son verre d'eau infusée à la framboise. L'éclat de ses yeux, sa voix douce et suave accentuent mon envie de découvrir cette technique qui semble si importante pour lui.

— Intéressant. Je ne m'y connais pas vraiment en anatomie et encore moins en yoga. En tout cas, cela fait réfléchir à bien des choses.

— Absolument, cette technique ne s'arrête pas à la pratique du yoga, mais c'est un concept qu'il faudrait appliquer dans sa vie quotidienne pour soulager le dos, la colonne vertébrale, les muscles, les articulations, les organes…

Il déglutit et enchaîne :

— Je trouve ça tellement important, et on est encore si peu à être au courant. Quoique, depuis peu, elle a écrit un livre avec le judoka Teddy Riner. Alors j'espère que cette technique va commencer à se répandre davantage.

— Eh bien, j'ai hâte de tester ça demain. On va voir si tu arrives à me faire changer d'avis sur le sport. Je suis quelqu'un de très nerveux, alors le yoga, je ne sais pas si cela va me correspondre.

— Il existe beaucoup de types de yoga, du plus lent et doux au plus rapide et sportif. On verra bien, dit-il avec un clin d'œil.

CHAPITRE 18

Ce matin, je me lève avec le bonheur de découvrir enfin ce que propose Simon et Yann. J'ai hâte de participer à leur atelier, même si je garde un peu d'appréhension en moi. Je n'ai jamais pris le temps d'écouter mon corps et ses besoins. Et faire du yoga ? Jamais de la vie je n'aurais pu imaginer tenter cette aventure. Mon caractère et ma nervosité m'attirent davantage vers des sports de combat que j'adore voir les autres pratiquer avec tant d'assiduité. Mais moi ? Je ne suis pas fan de sport. Vais-je réussir à suivre leurs cours ? J'ai du mal à me l'imaginer.

Quoique.

S'il y a bien un « sport » que j'exerce avec plaisir depuis quelque temps, c'est la création de ma forêt comestible et de son potager en permaculture. Et même si ce n'est pas un sport en soi, c'est clairement physique et mental. Il y a encore un an, une chose pareille ne me serait pas venue à l'idée. Alors pourquoi pas du yoga.

Je me dépêche de prendre une douche froide et de m'habiller en conséquence de ce qui m'attend. Je mets le legging violet que Charlotte m'a donné, un t-shirt blanc moulant et une paire de ballerines bleu marine. Un coup de brosse à mes longs cheveux châtains dont les reflets roux ressortent de plus en plus depuis que je passe mes journées à travailler dans le jardin sous la chaleur du soleil d'ici. Lorsqu'il brille, cela me rappelle mon dernier voyage en

Écosse. Le soleil frappait si fort là-bas, me réchauffant comme s'il y avait la canicule alors que j'y étais à la même saison. Vent froid et pluie. J'avais trouvé cela tellement étrange. Et je retrouve le même climat ici.

Je termine de me préparer avec un trait de kajal noir pour intensifier mon regard et me voilà fin prête pour partir.

Mon fidèle destrier entre les cuisses, je pédale jusqu'au chemin que j'ai emprunté dans les bois deux semaines plus tôt. Cette fameuse matinée où Yann m'a porté secours. Une journée et une nuit que j'ai passées auprès de lui, et qui m'ont rappelé à quel point j'ai aimé cet homme. Et comme je l'aime toujours. Dire que je m'apprête à participer à leur atelier, sur les conseils de Barbara et de Charlotte. Comment ont-elles réussi à m'embarquer dans un truc pareil ?

Sur le chemin caillouteux, je pédale avec hargne, maudissant mon vélo à peine réparé. Quelle idée j'ai eue ! J'aurais dû prendre ma voiture.

Quelques mètres plus loin, je dois me faire une raison. Le reste de la route, je vais devoir le faire à pied. Mes jambes ne veulent pas faire un tour de plus sur ce vélo qui chancelle entre les cailloux et la terre. Je le laisse sur le bord du chemin.

Dix minutes de marche plus tard, j'arrive devant l'entrée impressionnante. De chaque côté d'une route devenue un chemin de terre, deux murets s'enfoncent dans la forêt. Les vestiges d'un mur de pierre ne demandant qu'à s'effondrer sur mon passage. Je passe au travers, sentant la délicieuse senteur des fleurs blanches d'un jasmin qui s'est perdu là, au milieu de nulle part. Face à moi, la ferme, enfin le centre « Aux portes de Gaïa ». Une dizaine de voitures sont garées sur ma droite, et je peux entendre des voix qui portent jusqu'à moi. La porte d'entrée du centre est entrebâillée. Je m'y glisse et entrevois quelques personnes discutant autour de tasses de thé, et d'autres qui se préparent à entrer dans la grande salle de pratique.

— Hello, belle âme.

Je me retourne à l'appel de cette voix que je connais. Charlotte.

— Toujours à l'heure à ce que je vois, ajoute-t-elle.

— J'essaie de ne pas être en retard. Et j'ai parcouru la fin du chemin à pied. Mon vélo n'a pas trop apprécié les cailloux.

— Tu m'étonnes. Suis-moi.

Nous entrons dans la salle que je découvre avec émerveillement. La pièce est sombre même si l'estrade qui donne sur la baie vitrée est illuminée par les rayons du soleil. Les murs sont peints dans une couleur orangée qui me rappelle l'écharpe qu'a Yann. Contrairement à la salle d'accueil dont le sol est en carrelage d'argile crue, ici, il est composé d'un parquet en bois naturel, juste ciré. Un son rauque et puissant se laisse entendre, berçant les convives qui sont déjà installés. Mon cœur se met à battre fort, percutant ma poitrine, bloquant ma respiration qui devient saccadée. Charlotte s'approche de moi et passe son bras autour de mes épaules.

— Ne stresse pas, tu verras, tout ira bien.

— Je sais, mais c'est plus fort que moi.

— C'est pour ça que tu es là. Tu en rigoleras lorsque tu auras fini tes sept stages. Tu vas enfin te libérer de tous tes traumatismes et revivre.

— Je vais déjà commencer par cet atelier. Pour le stage, on verra.

Tout devant, près de l'estrade, Barbara nous fait des signes de la main. Assise sur un tapis de yoga bleu, deux autres tapis sont placés à côté d'elle, chacun avec un plaid. D'un geste, elle nous fait comprendre qu'ils sont pour nous. Charlotte me prend la main et me tire vers les bacs qui sont juste à côté de la porte des toilettes. Elle attrape deux coussins en tissu et me montre l'un des deux.

— Cette épaisseur, ça te convient ou tu veux plus gros ?

— Je ne sais pas.

— Tu arrives à t'asseoir en tailleur ?

— Euh, oui, bien sûr.

Elle me donne le coussin et ajoute :

— Essaie celui-là, si jamais ça ne va pas, tu n'as qu'à revenir en prendre un plus gros.

Charlotte me remet deux coussins de méditation. Une dizaine de personnes sont déjà installées et d'autres sont derrière nous, dans l'attente de prendre des coussins à leur tour. Les gens sont assis en tailleur, certains avec des coussins sous les genoux, probablement pour diminuer la pression sur leurs articulations. D'autres sont assis sur un canapé si usé que l'on peut sentir que ce lieu a été aménagé par un certain Yann, souhaitant donner une seconde chance à tout ce qui est ancien. Nous nous frayons un chemin vers Barbara. Au passage, j'observe une femme allongée sur son tapis de yoga, les yeux fermés comme si elle dormait déjà. Peut-être qu'elle médite ? Elle le fait super bien si c'est le cas. Apparemment, rien ne la dérange.

Barbara me montre mon tapis que je rejoins avec hâte. Je m'accroupis rapidement, pose mon coussin au sol sans un bruit, ne souhaitant pas attirer l'attention. Mes fesses découvrent une sensation inconnue et je fais l'expérience d'un nouveau siège. Un ressenti étrange me fait réagir. Mes genoux n'aiment pas vraiment être en tailleur.

Sur l'estrade, deux hommes dont je ne parviens pas à discerner les visages rendus sombres par les rayons du soleil, jouent de la musique. L'un martèle un tambour et le second un handpan drum. Les percussions aux sons graves résonnent en moi. Une voix rauque fredonne des paroles dans une langue qui m'est inconnue. Mon cœur vibre en rythme. La lumière traversant l'opercule vitré du plafond illumine ces hommes tels des anges venus d'ailleurs. Posées derrière eux et sur les côtés de l'estrade, des pierres de toutes les couleurs. En leur centre, deux blocs énormes de géodes d'améthyste sont coupés en deux, laissant apparaître de merveilleux cristaux brillant de mille éclats. Cette salle est magnifique.

J'embrasse Barbara et je retourne à ma contemplation. J'observe furtivement les musiciens qui s'extasient dans leur art. Mon pantalon s'étire sur le côté, les doigts de Charlotte y sont agrippés. Je baisse les yeux vers elle.

— Qu'est-ce qu'il y a ?

— Tu n'as pas l'air d'être à l'aise dans cette position. À l'intérieur, ce sont des cosses de sarrasin. Tu peux les mettre en place de manière à correspondre à ta morphologie. Regarde comment je fais.

Charlotte lève son derrière, si parfaitement galbé. Elle tapote son coussin pour le mettre en forme, s'ajuste au niveau du croisement de ses jambes, se pose, se relève légèrement en poussant le coussin vers l'arrière et s'assied pour ne plus bouger.

— Tu vois ?

Je hoche la tête et tente de faire de même. Après trois essais, je finis par m'arrêter sur une position. J'ai enfin trouvé celle qui me convient. Mes genoux touchent le sol, mes articulations semblent préférer cette assise. La musique commence à me bercer. Un coup d'œil dans la pièce, puis à mes amies. Tout le monde a les yeux fermés. A mon tour, je ferme délicatement les paupières, les relevant dès qu'un son me surprend. Une respiration, un bruit de pieds qui bougent, un vêtement qui se défroisse. Je gesticule, n'arrivant pas à trouver la paix intérieure.

— Ne t'attache pas à tes pensées ou à ce qui se passe autour de toi, respire calmement, me murmure ma voisine.

Plus facile à dire qu'à faire. Mon rythme cardiaque est encore à son plus haut niveau d'inquiétude. J'inspire un grand coup et m'efforce de faire le vide dans mon esprit. Cependant, mon mental ne veut pas se calmer, me rabâchant à chaque instant des questions sur le fait de suivre ce cours, sur tout le travail qui m'attend à la maison, et je suis là, assise à ne rien faire. Je soupire pesamment et laisse filer les secondes en tentant de ne plus m'accrocher à mes pensées.

Le chant du tambour s'accentue, faisant vibrer chaque particule de mon corps physique. Avec lenteur. Délicatement. Ma poitrine entreprend seule une grande inspiration, naturellement. Elle me libère d'un poids, une tension si lourdement acquise avec le temps. Mon cœur bat au rythme des graves. Quelque chose d'inhabituel m'interpelle. J'ouvre les yeux afin de voir ce qui se passe autour de moi. Le musicien dégage une force et un rythme qui m'apaisent et me font un bien fou. Son corps s'exprime au rythme de ses percussions comme un serpent qui cherche à m'envoûter. Les rayons du soleil l'effleurent. Des fragments d'étoiles et de poussières dansent autour de lui. Une chemise en lin beige, légèrement ouverte sur son torse, ravive mon cœur. Même si je ne peux discerner correctement son visage, il m'attire et attise en moi des pulsions. C'est forcément Yann. Ce qui émoustille plus encore ma curiosité. Décidément, il continue de me surprendre.

Alors que le morceau touche à sa fin, les dernières vibrations emplissent la salle d'une atmosphère paisible et ressourçante. J'ouvre les yeux, la luminosité a changé. Le soleil commence à s'effacer de la baie vitrée, laissant apparaître une lumière plus profonde et éclairant davantage la salle. Maintenant, je peux distinguer sans aucun doute les deux musiciens et être confortée en voyant Yann au tambour, et Simon au handpan. C'est donc Simon qui chante de cette voix grave et envoûtante.

Ils descendent de leur estrade et invitent chaque participant à marcher dans la salle. Nulle musique, seulement le doux son des chants d'oiseaux au dehors. La démarche se veut libre, douce, lente. L'idée est de se détendre, faire connaissance par le regard, marcher sans jamais repasser par le même itinéraire, oser changer de voie et non suivre les autres.

Simon demande à chacun de retourner s'asseoir sur son tapis avant de débuter le cours de yoga.

— Fermez les yeux, et dites-vous à vous-même quelle est votre intention dans cet atelier.

Il observe avec attention chaque participant et ajoute :

— Votre intention peut-être « Je m'accepte tel que je suis », « Je prends ma place ici et maintenant » ou encore « Je me sens en sécurité dans mon corps ».

***

Je viens à peine de découvrir cette pratique, et contrairement aux idées que je me suis faite sur cette discipline, je dois bien avouer que j'ai adoré. Je chuchote à Barbara :

— C'est ça le yoga dont Simon parlait hier soir ?

— Oui.

— Eh ben, j'ai bien aimé.

Charlotte pouffe de rire.

— Tu vois, on t'avait dit que tu aimerais l'atelier d'aujourd'hui.

— Il fallait que je teste pour le savoir.

Le son d'un tambour chamanique nous ramène vers la séance. Il sonne trois fois avant que Simon demande à ses élèves de rester allongés et de s'installer confortablement. Je regarde mes amies se recouvrir d'un plaid. Je fais donc de même avec celui que Barbara a laissé sur mon tapis.

— Fermez les yeux si vous le souhaitez. Notez que vous pouvez les fermer ou les ouvrir à tout instant, c'est vous qui décidez.

Le hochet dans sa main droite frappe délicatement le tambour qu'il tient dans l'autre main. Ce tambour est aussi large que tout son torse. À son opposé, Yann détient un autre tambour, doré et dont la peau est plus sombre. Ils frappent en même temps, lançant des vibrations percutantes qui résonnent dans tout mon être. La sensation est juste délicieuse. Yann s'accroupit derrière ma tête.

— Ferme les yeux.

J'obéis sans attendre. Mon cœur bat la chamade de le savoir si près de moi dans un tel moment. Cet atelier me chamboule par tout ce que je ressens. Cette présence en moi-même est si nouvelle, si troublante.

Il frappe son tambour à plusieurs reprises et les vibrations sont telles que je me sens transcendée.

Comme si mon corps, mon esprit, tout mon être souhaitait s'envoler vers d'autres cieux. Comme si toute cette énergie accumulée depuis plus d'une heure désirait me happer vers des contrées lointaines dans le bien-être et le bonheur de lâcher toutes mes appréhensions, mes peurs, mes doutes.

Waw .. Qu'est ce qui m'arrive ?

Je ne me reconnais pas en cet état. Ou plutôt si, en fait, c'est ce que je souhaite : être ici et maintenant.

Les vibrations s'éloignent, emportant Yann avec elles. La voix de Simon se fait à nouveau entendre :

— Sentez votre corps qui repose contre le sol…Laissez les pensées qui peuvent vous envahir passer, ne vous y accrochez pas.

Sa voix provient de différents endroits, il doit marcher entre les convives dont on entend à peine la respiration.

— Vos pensées se dispersent. Inspirez, sentez l'air qui entre par votre nez et remplit vos poumons... Cet air descend tout doucement jusque dans votre ventre. Sentez-le se soulever au rythme de vos inspirations… Puis se dégonfler sur vos expirations… C'est bien, continuez ainsi.

Ces paroles s'échappent de lui avec lenteur et bienveillance. Son intonation est sereine. Le timbre de sa voix est apaisant.

— Vos tensions se détendent tout doucement…Vos muscles se libèrent, votre esprit commence à se libérer.

Il laisse une ou deux minutes, voire davantage entre chaque phrase. En fait, je suis complètement déconnectée de la notion du temps. C'est surprenant.

— Ressentez votre ancrage à la terre qui devient de plus en plus profond au fur et à mesure de votre respiration…Lorsque l'air pénètre à nouveau dans vos poumons, ils se gonflent comme un ballon. Sentez-les se gonfler doucement.

Lorsque j'inspire, ma poitrine tremble. L'expiration, me détend.

— Imaginez que tout votre corps est un ballon… Au fur et à mesure de votre respiration… l'air qui entre commence à gonfler votre épaule gauche.

Une musique douce démarre. Le bruit d'un vent léger qui souffle sur l'horizon.

— L'air continue d'avancer dans le bras… le coude… l'avant-bras… la main… vos doigts se gonflent jusqu'au bout des ongles.

Une longue et profonde expiration s'expulse par mon nez. Je me sens partir. Heureusement, la voix de Simon me ramène sur place. Il n'est pas loin de moi.

— L'air continue de circuler dans votre ballon, il gonfle votre épaule droite… votre bras… votre coude… votre avant-bras… votre main… vos doigts jusqu'aux ongles.

Il semble être revenu à son point de départ. Devant l'estrade.

— Ressentez tout le haut de votre corps qui a gonflé grâce à ce ballon qui vous aide à débloquer vos tensions.

Je l'entends prendre une grande inspiration, puis expirer en soufflant par la bouche. Ce qui me donne envie d'essayer d'expirer par la bouche.

— Sur votre prochaine inspiration, l'air poursuit son chemin en gonflant le ballon dans tout votre torse… votre ventre jusqu'à votre pubis.

Sa voix s'éloigne à nouveau.

— Continuez à respirer tranquillement, ressentez votre corps, vos muscles, le ballon… Le ballon se gonfle dans votre cuisse gauche, il avance jusqu'à votre genou… votre mollet… votre cheville… votre pied et jusqu'à tous vos doigts de pied… jusqu'au bout des ongles.

Je me laisse bercer par ce ballon qui prend presque possession de tout mon être. Le sentant bouger, grossir, se dégonfler, respirer.

— Le ballon continue à se gonfler dans votre cuisse droite… l'air avance jusqu'à votre genou… votre mollet… votre cheville… votre pied… vos doigts de pieds et jusqu'au bout de tous vos ongles… Ressentez ce qui se passe en vous.

Un ronflement parvient jusqu'à mes oreilles. Apparemment, une personne a succombé à la tentation de s'endormir en si bonne compagnie. Tu m'étonnes, ce n'est pas facile de résister à l'envie de se laisser aller. Je me sens tellement bien. Un frisson parcourt mon dos.

— Tout doucement, lors de vos expirations, l'air va commencer à s'échapper de votre nez ou par votre bouche, c'est vous qui définissez votre besoin, ici et maintenant. Le ballon va se dégonfler par la jambe droite d'abord… Sentez l'air qui se vide dans vos doigts de pied… votre pied… votre cheville… votre mollet… votre genou… votre jambe.

La musique du vent accompagne à merveille ses paroles calmes qui engrangent en moi des sensations nouvelles. Des zones sur lesquelles je ne m'étais plus attardée depuis bien trop longtemps. Des parties de moi que j'ai délaissées.

— L'air continue à se libérer dans votre jambe gauche en commençant par vos doigts de pied… votre pied… votre cheville… votre mollet… votre genou… votre jambe…Votre corps se libère, vos tensions disparaissent comme si elles étaient aspirées par l'air qui s'échappe par votre nez ou votre bouche.

La bouche entrouverte, l'air s'échappe tel un fil que le ciel me soutire, arrachant au passage les tensions que j'ai accumulées ces dernières années. Mon corps redevient souple et confortable.

— Le ballon continue à se dégonfler tout doucement au rythme de vos expirations. Votre pubis se dégonfle, suivi de votre ventre… votre torse.

La sensation d'écrasement, d'étouffement que j'éprouve en permanence au niveau de mon diaphragme commence à se dissiper, libérant davantage ma respiration. J'aurais aimé ne plus rien sentir à cet endroit si souvent noué par ma vie d'avant.

Ce sera pour une prochaine fois, en tout cas, je l'espère.

— L'air s'échappe de votre bras droit… sentez l'air partir de vos doigts… votre main… votre poignet… votre avant-bras… votre coude… votre bras… votre épaule se dégonfle…

Le temps semble s'étirer, m'enveloppant dans un état de grâce immuable.

— Le ballon continue à se dégonfler dans votre bras gauche… vos doigts… votre main… votre poignet… votre avant-bras… votre coude… votre bras… votre épaule…Ressentez tout votre corps qui se libère, laissant aller toutes les tensions, s'échappant et disparaissant.

Il revient vers l'avant de la pièce, sa voix de plus en plus profonde.

— Prenez une grande inspiration... Sur l'expiration, vos poumons se dégonflent, se détendent en profondeur.

Le son du bois qui craque m'indique que Simon monte sur l'estrade.

— Continuez à respirer doucement, à votre rythme... vous vous sentez bien... légers...

Le second tambour chamanique chante du fond de la salle, et à son tour, il se rapproche à chaque parole de Simon.

— Prenez une grande inspiration et soufflez fort. Ecoutez votre souffle... Vous vous sentez bien... Vous êtes alignés avec vous-même.

Des pas avancent vers moi, le son résonnant de plus en plus fort. Les vibrations percutent mon cœur, ma tête, tout mon être qui en redemande.

— Sentez vos doigts de pied... tout doucement, bougez-les... reprenez conscience de votre corps... sentez l'énergie qui le parcourt.

Mon souffle est devenu lent et souple. Mon esprit flotte dans cet océan de béatitude duquel je ne souhaite pas repartir. C'est tellement agréable.

— Ressentez vos doigts… bougez-les tout doucement…bâillez si vous en avez envie.

Les marches grincent sous le poids de Yann qui rejoint Simon tout en continuant de jouer des percussions. Le son du handpan rejoint le tambour.

— Reprenez conscience de votre corps, d'où vous êtes … Lorsque vous vous sentirez prêts, vous vous réveillerez en douceur et en forme.

Une musique délicate et enivrante berce les corps des élèves qui se réveillent après une multitude de sensations qui les avaient incités à reprendre contact avec leur corps.

Le bâillement de Charlotte me sort de cet état de bien-être. Les doigts de ma voisine qui s'étire me chatouillent le visage, ce qui termine de me faire descendre de mon petit nuage. Je commence à gesticuler, d'abord les orteils, puis les doigts, suivis par le reste de mon corps dans un élan pour m'étirer dans toute ma longueur. Lorsque j'ouvre les yeux, je vois Barbara assise en tailleur et se balançant dans le rythme, emmitouflée sous sa couverture polaire, les yeux fermés. Je tourne mon visage pour apercevoir Yann se mouvoir, son regard se portant sur moi avec un sourire à me couper le souffle. J'en rougis.

La salle commence à se remplir d'un bruit moins agréable. Les élèves se réveillent, certains se lèvent et s'apprêtent à rejoindre la salle d'accueil. D'autres, allongés ou assis, discutent. Je me redresse pour m'asseoir en tirant le plaid pour me garder au chaud pendant que les dernières notes du duo se jouent.

La salle se vide et toutes les trois nous attendons Simon et Yann. Charlotte enroule son tapis de yoga et Barbara a déjà plié sa couverture. Je suis le mouvement, la tête encore dans les étoiles.

Yann arrive, suivi de près par Simon.

— Ça va les filles ? interroge Simon en nous observant minutieusement.

— Oui, répondons-nous en chœur.

Nous sortons rejoindre tout le monde dans l'autre salle. Des théières de tisane sont disposées sur l'une des tables, accompagnées de quelques fruits secs déposés dans des coupelles blanches.

Simon se fait immédiatement accaparer par certains élèves qui ont des questions sur l'atelier. Certains ressentent ce besoin de partager ce qu'ils viennent de vivre. Yann en profite pour glisser sa main dans le bas de mon dos, et me souffle à l'oreille :

— Est-ce que tu es libre pour midi ?

Mes yeux pétillent de joie. Je tourne la tête vers lui, son nez frôlant le mien. Mes yeux remontent, caressant son regard vert clair si charmeur.

— Oui, qu'est-ce que tu as prévu ?

— Juste un déjeuner en tête à tête, si cela te tente. Et peut être un bon film ?

— Je suis assez difficile pour le choix du film, le taquiné-je.

— Il devrait te plaire.

Mon sourire s'étire jusqu'aux oreilles.

— J'ai le droit de savoir ?

— Un peu de patience, surprise.

Et il s'éloigne pour rejoindre Simon, me laissant dans mes interrogations. Je m'approche de Charlotte et de Barbara qui savourent tisane et fruits secs.

— Yann vient de m'inviter à manger, ici.

— Génial, vous êtes faits pour être ensemble, me dit Charlotte en me donnant la boîte à tisanes.

J'arque un sourcil.

— Quoi ? Tu sais bien que je ne suis pas à la recherche d'un mec.

La bouche pleine, Barbara tente d'articuler :

— Allez, arrête, ça se voit à des kilomètres que vous vous plaisez. Je parie que ce soir vous finirez la nuit tous les deux. Profites-en, je suis de sortie avec mon homme. Il m'emmène passer la journée à Caracalla, histoire de se détendre un peu aux thermes.

Une tape dans le dos, et Barbara part en direction de son amoureux.

— Non mais tu l'as entendue ?

Charlotte s'amuse de la situation. Elle penche la tête vers moi.

— Elle n'a pas tort. Je n'arrive pas à comprendre pourquoi tu veux rester célibataire. Bon, si, OK, je comprends que tu es mal tombée, mais tous les mecs ne sont pas pareils, et Yann, c'est une crème. Tu as beaucoup de chance qu'il s'intéresse à toi.

— Je ne sais pas, tout est tellement compliqué. C'est vrai qu'il me plaît énormément, mais de là à tout recommencer de zéro…

— Tu n'as pas le choix, après, c'est aussi ce qui rend cela fun. C'est trop bien, les premières fois. Les papillons dans le ventre, toucher et découvrir sa peau, l'embrasser...

Je me retourne pour observer Yann, ma tasse en main.

— C'est sûr.

— Regarde mes parents.

Charlotte me montre un couple d'une soixante d'années, debout près de la porte de la salle de pratique. Ils se tiennent les mains, leurs fronts posés l'un contre l'autre. L'amour émane d'eux. C'est tellement beau à voir. Mon cœur en sursaute. Peut-on aimer quelqu'un autant que cela ?

— Ce sont tes parents ?

— Oui, j'assume.

— Waw et ils sont toujours ainsi ?

Elle pouffe de rire.

— Je sais, ils sont un peu space.

— Cela leur va si bien. Ils ont l'air heureux ensemble.

— Oui et depuis plus de trente ans.

— Tu es sérieuse ? On dirait qu'ils viennent à peine de se rencontrer.

— Je les ai toujours connus comme ça. Ils sont démonstratifs et peut-être un peu exubérants pour les gens qui n'ont pas l'habitude… Cela étant, ils ont aussi une vie sexuelle un peu particulière qui fait qu'ils ne s'ennuient jamais.

— Si cela leur permet de s'aimer ainsi trente ans après. En tout cas, ça fait rêver, pouvoir aimer quelqu'un comme ça et si longtemps.

— Ça donne espoir, non ?

Mon regard se porte vers elle.

— J'aimerais bien vivre ça, c'est certain.

— Je te le souhaite, ma belle.

Elle me prend dans ses bras et me donne un baiser sur la joue. La vanille de son parfum m'embaume.

CHAPITRE 19

YANN

Tout le monde a quitté le centre. Il ne reste plus qu'Ambre et moi. Elle m'attend, installée dans le canapé du salon, sous son plaid qu'elle ne lâche plus. Je prépare un punch alsacien pour l'apéro. Un peu de rhum, du jus d'orange et d'ananas, du crémant d'alsace, du sucre de canne et un mélange de citron jaune et vert. J'espère qu'elle va apprécier ma recette.

J'ai du mal à imaginer que cette superbe créature est là, à quelques mètres de moi. Elle éveille en mon cœur des désirs si profonds auxquels je ne pensais plus avoir accès. Depuis la dernière nuit qu'elle a passée ici, je rêve d'elle dans mon lit, mais pas seulement. J'aimerais l'avoir rien qu'à moi, passer du temps avec elle, la connaître davantage. Laisser libre cours à mes envies de l'aimer tel que mon cœur me le fait savoir depuis que je la connais. Pourtant, mon esprit me dit de me méfier et de m'éloigner pour ne plus souffrir. Mais mon cœur me cri d'arrêter de me morfondre, et de me laisser conquérir par cette nouvelle énergie, ce soleil qui ne demande qu'à éblouir mon quotidien. Devrais-je me laisser tenter ? Et si j'avais tout faux ? Sa nuit ici m'a montré que je lui plais, mais si Joël avait réussi à la gagner ne serait-ce qu'une nuit ? Et si je n'arrivais pas à la satisfaire ? C'est horrible de ne pas savoir. Même si Barbara me dit qu'elle ne pense qu'à moi et qu'elle n'en a rien à faire de Joël, je ne peux m'empêcher d'avoir peur.

Pourtant, elle est là, avec moi. Rien que cela devrait me rassurer, non ?

Je jette un œil en sa direction. Mon sang ne fait qu'un tour. Ses magnifiques yeux me contemplent. Je retourne vite à mes oranges dont j'extrais le jus. Mon cœur pulse à toute vitesse. Elle me rend fou.

Joël.

Ma voix intérieure me rappelle qu'elle passe du temps avec lui. Qui sait, ils sont peut-être en couple maintenant. Je soupire et me reprends. Si elle était avec lui, elle ne serait pas là. N'est-ce pas ? Mon cœur se tord dans le doute.

Je termine ma préparation et l'apporte vers la table basse, sur laquelle deux verres attendent d'être remplis. Je pose le récipient à côté de l'assiette sur laquelle j'ai disposé des tartines de légumes. Ambre se lève pendant que je pose le saladier.

— Je vais servir.

Je la laisse faire et m'installe à côté d'elle. Elle me tend un verre qui sent merveilleusement bon. Elle s'assied à son tour et nous trinquons à notre journée. Je n'ai qu'un mouvement à faire pour la toucher, pour l'embrasser. Mon cœur bat la chamade et mes mains tremblent.

— Tu ne mets pas le film ?

Son visage tourné vers moi, elle me nargue de son sourire charmeur en m'observant. Ma main sur la télécommande qui n'attend qu'un geste de ma part pour allumer la télévision, j'appuie sur le bouton ON.

— Tu ne m'as toujours pas dit quel film tu as choisi.

— Je sais, encore un peu de patience.

Je lance le film que j'ai dans ma bibliothèque. Elle peut enfin voir la jaquette affichée à l'écran.

— Mange, prie, aime, c'est ça le film ?

Mon sourire se cache sous le doute.

— Tu ne veux pas le voir ?

De petites rides apparaissent au coin de ses yeux.

— Si, il doit être chouette.

— Tu m'as fait peur, tu ne l'as jamais vu ?

— Non, mais j'en ai entendu parler.

— C'est l'un de mes films préférés depuis que Simon me l'a fait découvrir. Il a changé beaucoup de choses en moi. Le parcours d'Elizabeth m'a ouvert les yeux vers d'autres chemins à prendre.

— OK, alors à mon tour.

Ambre s'enfonce dans le canapé, et je me blottis près d'elle. Elle sent bon la noix de coco. Je lance le film, le générique débute. Le rideau de la baie vitrée est tiré, nous plongeant dans une atmosphère douce et calfeutrée. Je lui jette un regard furtif, juste pour voir la beauté de son expression. Heureuse, tout comme moi. Mon cœur se détend. J'apprécie ce moment.

***

Julia Roberts embrasse l'homme dont elle est amoureuse. C'est la fin du film et l'héroïne, Elizabeth, s'est rendu compte qu'elle a le droit d'aimer. Qu'elle doit se pardonner pour ses choix passés, et continuer d'avancer avec les éléments qu'elle a en main, ici et maintenant. Le film se termine sur ces notes qui font réfléchir.

Ambre est collée à moi. Sa main est posée sur sa cuisse contre la mienne. Je n'ai qu'une envie, la toucher. Mes doigts glissent vers la gauche et frôlent les siens. Je la caresse de la pulpe de mes doigts et elle commence à faire de même. Nos doigts s'entrelacent et jouent à un jeu de séduction. Je la sens sourire. Elle lève le menton vers moi. Nos regards se fondent l'un dans l'autre dans cette envie si forte de nous embrasser.

— Ambre ?

— Oui.

— Je meurs d'envie de t'embrasser…je sais…

Elle ne me laisse pas terminer ma phrase. Sa main caresse ma joue, son visage s'approche du mien. Son souffle chaud chatouille ma gorge en remontant. Ses lèvres effleurent les miennes délicatement, longeant chaque millimètre de mes lèvres d'une commissure à l'autre. Ces baisers sont si doux. Elle continue en joignant l'entièreté de sa bouche à la mienne, et je l'embrasse fougueusement.

Nous nous embrassons langoureusement. Le temps semble s'être arrêté. Mes lèvres, ma langue découvrent la moindre partie de sa bouche, son visage. Nous savourons cet instant. Les gémissements qu'elle émet par moments m'excitent au point de devoir lui poser cette question :

— Ambre ?

Elle embrasse ma joue, mon cou.

— Je t'écoute, susurre-t-elle.

— Je sais que tu ne veux pas de petit ami.

Son visage recule de quelques centimètres. Je n'arrive pas à décoder son expression. Le stress monte en moi.

— Je ne veux pas juste d'une histoire d'une nuit. Si on va plus loin.

Je soupire. Un frisson me traverse. Ma respiration s'accélère, mais cette fois-ci ce n'est pas du plaisir mais de la peur.

— Si on va plus loin, c'est pour construire une vraie relation.

Je déglutis et j'attends.

— Tu me prends pour quel style de fille ?

Son regard est rieur. Ses lèvres laissent apercevoir un sourire. Elle s'approche et m'embrasse d'un baiser tendre qui s'allonge jusqu'à mon oreille dont elle mordille le lobe avec douceur. Et elle murmure dans un souffle chaud et envoûtant :

— Si c'est ta manière de me demander de sortir avec toi, alors oui, évidemment que j'en rêve.

Mon bras l'enveloppe et je l'amène vers moi, sur moi. Elle s'agenouille dans le canapé, les jambes écartées de chaque côté de mes hanches. Mes mains se posent sur ses fesses. La chaleur de son corps réchauffe mon torse. Je glisse mes mains sous son sweat en coton et lui effleure le dos en même temps que nous nous embrassons. Je halète sous l'excitation. Son bassin fait un mouvement de va-et-vient dans une lenteur qui m'électrise. Ses mains caressent mon torse et commencent à déboutonner ma chemise. Elle s'arrête de m'embrasser, son regard sombre me hurle de la déshabiller ce que je fais sans attendre. Je remonte son sweat, elle lève les bras pour faciliter la manœuvre et je le jette sur la table basse. La télévision tourne dans le vide. Je la renverse dans le canapé, agenouillé entre ses cuisses ouvertes à moi. J'ôte ma chemise, ses yeux noircissent de plaisir. Elle se mord la lèvre, sa main frôle mes abdominaux. Je me penche vers elle et fais glisser son pantalon, sa culotte vers ses chevilles. Elle rigole quand je passe l'ensemble sur son pied, puis que je jette ses vêtements sur le sol. Lorsque mon torse se met droit devant elle, elle s'assied pour déboutonner mon pantalon caressant au passage mon entrejambe. Elle peut sentir mon érection. Mon corps s'enflamme sous ses mains si douces avec moi. Je me relève pour baisser mon jean et l'ôte complètement. Et m'avance pour retourner sur elle.

— Hey, je crois que tu as oublié d'enlever ton boxer, ricane-t-elle.

Sans tarder, ses mains s'en saisissent et elle le descend sur mes mollets. D'un coup de pied, je l'éjecte au loin. Mes yeux se plongent dans les siens pendant qu'elle se recouche, m'observant de la tête aux pieds. J'ose lui dire :

— On dirait que la vue te plaît.

— Absolument, je pourrais rester des heures à te regarder tellement tu es beau.

Mon cœur veut s'envoler sous ses paroles qui me réconfortent. Mon érection ne demande qu'à ce que je la soulage tant l'envie d'être en elle me dévore de l'intérieur.

— J'espère que tu as un préservatif ?

— Attends.

J'attrape mon portefeuille que j'avais posé sur la table basse et en sors le seul exemplaire que j'ai depuis un moment. Je le prends entre mes doigts et le lui montre. Un sourire rassuré illumine son visage.

Revenant à ma place entre ses jambes, j'enfile le préservatif avec soin. Je m'allonge au-dessus d'elle et prends possession de sa bouche pulpeuse. Mes lèvres parcourent sa joue, son oreille, et descendent le long de sa gorge jusqu'à atteindre sa poitrine. Ses petits seins fermes et ronds sont délicieux à embrasser, à lécher. Ma main gauche caresse son sein tandis que la droite tient le second, sur lequel ma bouche dessine des cercles autour de son mamelon. Je le prends en bouche et ma langue court sur sa peau délicate. Elle frissonne à ce contact, son corps danse, ses hanches se frottent à moi. Ma main droite glisse jusqu'à sa cuisse que j'attrape, la levant vers moi. Ma bouche remonte vers la sienne et d'un mouvement lent du bassin, je prends possession de sa partie la plus intime, qu'aujourd'hui elle m'offre sous un gémissement de plaisir.

CHAPITRE 20

AMBRE

Lorsque j'ouvre les yeux, tout est paisible. Il n'y a pas un seul son dans le centre.

Yann dort encore, le visage posé sur son coussin, l'un de ses bras m'entourant comme s'il craignait que je puisse m'enfuir pendant la nuit. Et je n'en ai aucune envie. J'ai tant rêvé de ce moment-là sans jamais espérer qu'un jour cela puisse se produire. Et pourtant … me voilà allongée à côté de lui. Finalement, la légende est bien vraie. Faire le même vœu sous la pluie d'étoiles filantes de mes étés d'adolescente a fini par m'apporter tout ce dont j'ai envie. Être avec lui.

C'est le plus merveilleux des réveils.

Je l'observe tendrement puis attrape mes affaires. Direction sa salle de bains. Mon corps a besoin d'une bonne douche bien chaude.

L'eau glisse sur mes cheveux lorsque la porte s'ouvre. Je me retourne. Le visage de Yann, le sourire remonté jusqu'aux étoiles, se tient dans l'ouverture de la porte vitrée.

— Est-ce que tu veux que je te lave le dos ?

Je rigole.

— Tu es sûr que tu veux juste me laver le dos ?

Sa bouche me nargue.

— Et plus si affinités.

Je hoche la tête et il entre. Il se tourne pour refermer les deux portes coulissantes et j'en profite pour me coller à lui, passant mes bras de chaque côté de son dos. La tête fumante de la chaleur de ma douche, ma joue prend plaisir à ressentir sa peau froide contre la mienne. Je me presse contre lui, mon bassin contre ses fesses. Ses muscles se contractent. Il caresse mes mains et se retourne. Je lève le visage vers lui. La fumée de la douche remonte, les vitres sont embuées. Il me dévore du regard et pose ses mains sur le bas de mes joues. Ses yeux explorent chaque parcelle de mon visage et sa bouche s'avance vers la mienne. Nous nous embrassons longuement. Nos corps se collent, ne laissant quasiment aucun centimètre sans être au contact l'un de l'autre. Je recule vers l'eau chaude et le tire avec moi.

— Waw c'est chaud ! s'exclame-t-il.

Je me tourne pour baisser la température et il en profite pour ramasser le savon d'Alep. Sa main gauche savonne mon dos et la seconde caresse mon flanc droit. Il fait glisser mes cheveux en les passant au-dessus de mon épaule, et m'embrasse dans le cou. Il me chatouille, et je hurle. Le savon tombe à nos pieds. Sa main glisse sur mon ventre et il me tire vers lui. Ses baisers se font plus prononcés le long de mon cou. Je penche la tête et laisse sa bouche remonter jusqu'à mon oreille. Je me retourne pour lui faire face et le prends dans mes bras. J'embrasse son torse pendant que sa main descend sur ma cuisse et se glisse dans mon entrejambe. Ses caresses m'enivrent de plaisir. Je suis tellement bien avec lui. Comment ai-je pu avoir peur d'aimer à nouveau ? C'est si bon d'aimer et d'être aimée en retour.

***

Le visage encore rosé par cette expérience sous la douche, je rejoins Yann dans la cuisine, habillée des mêmes vêtements que la veille. Simon et Barbara sont là. Elle m'observe, un large sourire aux lèvres.

— Salut ma belle.

Elle s'approche de moi, et murmure à mon oreille :

— Tu vois, je te l'avais dit.

Je lui souris. Que pouvais-je faire d'autres ? Elle avait effectivement raison.

— Simon a rapporté le petit déjeuner, si tu as faim.

Un sachet de la boulangerie du village est posé sur l'îlot. Yann pose des croissants et des petits pains au chocolat sur une assiette, et nous nous installons à table. Simon apporte la cafetière, et Yann a déjà sa tasse de thé.

— Tu veux du thé ou du café ?

— Le café m'ira très bien, c'est mon nectar du matin.

Simon me sert une tasse. Je regarde Yann qui semble à l'aise avec la situation, tandis que mon cœur a tendance à s'emballer un peu trop à mon goût.

— Alors les amoureux, vous avez passé une belle journée ? fredonne Barbara de sa voix enjouée.

— Plus que belle, répond Yann.

CHAPITRE 21

AMBRE

Mai 2023

Trois semaines que Yann et moi partageons une passion dévorante. C'est à peine si nous nous quittons.

J'entends les moteurs qui ronronnent fort en gravissant la montée pour arriver chez moi. Yann gare sa voiture derrière le chalet, suivi par le van de

Simon. La portière de Barbara s'ouvre avec élan dès que le moteur s'éteint et elle en sort en trombe, traversant l'allée de ses escarpins bleu nuit qui adorent faire crépiter le gravier. La brise presque perpétuelle qui souffle sur le terrain propage avec elle une délicieuse odeur de petits pains ouvrant mon appétit, n'ayant pas pris le temps de manger ce matin. J'étais tellement nerveuse que j'ai uniquement fait du rangement et nettoyé de fond en comble ma maison. Je veux que tout soit parfait pour son arrivée. Le sachet de la boulangerie en main, Barbara s'arrête à mes côtés et se retourne, observant un Simon et un Yann en pleine discussion sur le choix du carton ou du meuble à prendre en premier.

— Alors ma chérie, tu dois être trop impatiente !

Mon visage ne peut qu'exprimer mon ravissement à ce moment que je partage avec mes amis. Je suis heureuse de voir l'homme de ma vie se préparer à venir vivre avec moi. Mais d'un autre côté, mon cerveau angoisse à l'idée que je me sois trompée. Comme ça été le cas avec Nicolas.

Et si c'était une erreur ?

Yann se charge d'un carton dans lequel je peux observer quelques livres qui dépassent. Simon transporte une lampe sur pied. Ils s'approchent de nous.

— Ça va ? Pas trop stressée ?

Mon cœur bat vite, mes mains sont légèrement moites. Mais lorsque mes yeux entrent en contact avec ceux de Yann, son sourire me charme à la seconde et me rassure.

— Non. C'est un grand pas pour moi, mais je suis trop contente.

Yann tourne la tête vers Simon.

— Pour moi aussi. Tout va bien se passer, sinon je reviens squatter chez toi.

Il donne un coup de coude à Simon et rigole. Je le tape d'un revers de la main, délicatement.

— Hey !

— Je plaisante, ma chérie.

— Je l'espère bien.

Il s'approche de moi, déporte le carton sur le côté, et m'embrasse. Je raffole de ses baisers. Ses lèvres sont douces. Son toucher juste parfait.

Simon passe devant nous, suivi de Barbara.

— Bon, les amoureux, on vous attend à l'intérieur.

Nos lèvres jointes, nous sourions. Je l'aime tellement. Je me revois il y a quelques jours alors qu'il me conduisait au cinéma. Nous avions terminé notre soirée au restaurant. Et lorsqu'il m'a ramenée à la maison, je n'ai pu m'empêcher de lui demander s'il voulait venir habiter chez moi. Après tout, il dort ici quasiment toutes les nuits depuis que nous sommes ensemble. Et il m'a répondu « *oui* » avec une telle rapidité. Ce ne pouvait être autrement. Ce que je ressens pour lui est d'une telle intensité que cette demande me semble si naturelle. C'est comme si tout coulait de source. L'univers m'a envoyé l'être qui me correspond le plus parfaitement. J'ai loupé le premier essai, au collège. Mais la vie m'a offert une seconde chance. Je sais que mon cerveau me dit que c'est le début. Mais je ne suis pas d'accord. Cette impression d'être avec ma moitié, comme si nous ne formions qu'une seule et même énergie. Il n'y a qu'avec lui que je ressens cela. Moi qui pensais avoir aimé mes ex, mais avec Yann, je me rends compte qu'en fait, ce n'était pas ça, l'amour. Ce que je vis avec lui, aujourd'hui, est complètement différent. Inexplicable. Juste ressentir.

Et pour la première fois de ma vie, j'ai peur. Non pas pour moi. J'ai peur de le perdre. Qu'il lui arrive quelque chose. Et que ce bonheur si parfait que je vis grâce à lui, disparaisse. Tout est si magnifique.

Ses lèvres se détachent des miennes. Mon esprit redescend sur terre.

— Est-ce que ça va ?

— Oui.

J'ai du mal à parler. Le risque de perdre ce bonheur me crève le cœur.

— Tes mains tremblent.

Je baisse ma tête. Effectivement, je tremblote.

— Je… Cela me fait juste bizarre.

Je relève la tête vers lui. Mes yeux s'humidifient.

Il pose le carton par terre et me serre dans ses bras.

— Est-ce que tu regrettes ? Tu veux que je retourne habiter au centre ?

— Non. C'est juste que tout est si parfait entre nous… J'ai peur qu'il t'arrive quelque chose et que tout s'arrête.

Sa joue caresse la mienne. Ses lèvres m'embrassent chaudement. Sa tête recule pour plonger son regard dans le mien.

— Il ne m'arrivera rien. Tu as peur parce que tu es au sommet du bonheur. Mais le bonheur ne dure jamais toute une vie. On doit tous passer par des moments difficiles, c'est ainsi que tu sais que le bonheur existe. Lorsque l'énergie remonte. Imagine si tout était toujours génial. Tu n'apprécierais plus ces moments-là, et la vie serait creuse.

— Si tu penses que tu vas me réconforter, ça ne marche pas.

— Ma chérie…

Il me serre à nouveau contre lui, son menton se pose sur mon front. Ses bras deviennent un rempart contre mes peurs.

— La vie n'est pas facile et on ne sait pas ce qui nous attend demain. Mais si tu ne laisses pas la place au bonheur en écartant de ta tête tes peurs de ce qui pourrait arriver, tu vas gâcher ces belles journées en t'inquiétant. Profite de chaque seconde, pour que plus tard, tu n'aies rien à regretter.

Il m'embrasse sur la tête.

— La vie passe si vite. À quoi ça sert de se la gâcher à se remémorer le passé ou à avoir peur du futur ? Reste avec moi dans le moment présent.

Je le serre de toutes mes forces. Son cœur bat si fort contre le mien. Je me sens tellement bien avec lui. Pourquoi j'ai cette mauvaise manie de voir le négatif au lieu de rester dans le positif ?

— Je vais essayer de ne plus penser à ça.

— Viens participer à notre stage de sept mois, ça va te changer la vie.

— Charlotte n'arrête pas d'insister. Je vais le faire.

Il m'embrasse intensément.

Nous les rejoignons à l'intérieur. Mon chalet n'est pas très grand et je n'ai aucune idée de l'endroit où l'on va mettre ses affaires. Mais peu importe, je suis tellement heureuse qu'il soit là. C'est tout ce qui compte. Cette année deux mille vingt-trois, j'aurai réalisé deux de mes vœux de jeunesse. Il y a encore quelques mois, je n'aurai jamais imaginé que cela puisse être possible. Et pourtant, je le vis en cet instant. Mes amis sont là, des personnes sur qui je peux compter. Mon cœur se réchauffe rien qu'à cette pensée.

J'ai trouvé de vrais amis. Je ne suis plus seule, maintenant.

CHAPITRE 22

Juillet 2023

Les travaux que j'entreprends sous la chaleur depuis mon réveil font dégouliner des gouttes de sueur entre mes seins. Une fourche en main, je tente de retourner mon compost. Ce n'est pas aussi facile que ce que je pensais. Faut dire que le tas commence à être grand et lourd. Lorsqu'enfin j'en viens à bout, j'humecte l'ensemble avec le vieil arrosoir en métal que j'ai trouvé enseveli sous les feuilles derrière ma grange. Quand j'ai fini son assaisonnement — fourche, retournement, eau —, je le couvre d'une bâche noire. J'essuie mon front humide d'un coup de torchon, essayant de garder un semblant de glamour rural. Mon souffle est haletant. J'en ai fini pour aujourd'hui. Je vais pouvoir partir au stage, rassérénée d'avoir accompli ma tâche quotidienne.

***

J'entends la voiture de Yann monter la colline. Fraîchement sortie de la douche, et habillée d'une tenue légère et souple pour mes pratiques de l'après-midi, je me sens toute nerveuse au vu de ce qui m'attend.

Les pas de mon homme se font entendre sur le gravier. La porte déjà ouverte pour aérer la maison, j'attrape mon sac devant l'entrée et ferme à clé.

— Salut ma belle.

Il me prend le sac et se penche pour m'embrasser.

— Ça va, tu n'es pas trop stressée pour ton premier jour ?

Mon cœur palpite d'excitation et de peur. Je tente de temporiser.

— Juste un peu.

Je m'efforce de sourire sans trop crisper ma mâchoire. Il m'embrasse à nouveau et m'étreint de son bras libre.

— Allez, ne stresse pas, je serai là.

— C'est peut-être ça qui me stresse le plus.

— Tu es sérieuse ?

— Je ne voudrais pas que tu sois déçu si je n'arrive pas à effectuer les exercices.

Il glousse et me glisse :

— Je ne peux pas être déçu, rien que le fait que tu participes à ce challenge est déjà une belle avancée. Nous avançons tous à notre rythme, alors ne t'inquiète pas. Tu fais comme tu le ressens, c'est tout ce qui compte. Peu importe ce que peuvent penser les autres.

Il me prend dans ses bras. Je m'y blottis avec bonheur. Je sais que tant qu'il sera là, tout ira merveilleusement bien. Je ne pouvais pas trouver plus beau partenaire de vie. À mes yeux, il est l'homme le plus magnétique, attentionné, et sa générosité d'âme m'a permis d'oser être qui je suis, sans supercherie, pour me sentir aimée.

Grâce à lui et à cet endroit, je me sens libre.

À SUIVRE

Merci beaucoup d'avoir lu
Sous les étoiles de nos doutes,
l'amour ne meurt jamais.

J'espère sincèrement
que les aventures d'Ambre et de Yann
ont su vous captiver et
vous procurer du plaisir.

Le prochain roman
Des ailes pour voler,
des racines pour revenir,
des raisons pour rester
suivez l'histoire passionnante
de Rebecca et de Joël
dans
La nouvelle série, spin-off de celle-ci :
Suivez les aventures des musiciens du groupe
« Dedals Rock ».

UN MOT DE L'AUTRICE

Depuis que j'ai appris à écrire, j'ai consacré mon temps libre à remplir les pages de mon journal intime, à composer des nouvelles et à écrire de la poésie. À l'adolescence, j'ai rédigé des textes pour mon groupe musical et, au collège, j'écrivais des récits illustrés.

Ce n'est que bien plus tard que j'ai redécouvert ma passion pour l'écriture. À un moment charnière de ma vie, désireuse de partager mes connaissances en tant que thérapeute et encouragée par mes élèves, je me suis lancée dans l'écriture d'un livre jeunesse intitulé « Emma ». Par la suite, j'ai rédigé une dizaine de guides pratiques inspirés de mes années en tant que réflexologue, iridologue, phytothérapeute, aromathérapeute, relaxologue, conseillère en hygiène vitale et praticienne en Reiki Usui. En parallèle, j'ai proposé des formations en massages relaxants et énergétiques, ainsi qu'en ayurvéda.

Passionnée par le bien-être naturel, j'ai continué à me former en naturopathie, sophrologie, yin yoga, yoga sans dégâts De Gasquet, yoga hormonal, breathwork, chamanisme, shiatsu thérapeutique et médecine chinoise, ayurveda, etc.

Mes lectures de prédilection portent sur les médecines naturelles, le mieux-être, les romances et la fantasy. Cette richesse de connaissances se reflète dans mes livres, qui intègrent les techniques que j'ai assimilées au fil du temps. **Je propose également des outils gratuits en lien avec mes ouvrages, disponibles sur mon site : nadinejockers.fr.**

Aujourd'hui, je continue d'écrire des livres engagés vers le mieux-être. Je suis accompagnante holistique du féminin, facilitatrice de Lunes et professeure de yoga féminin. Je propose des ateliers, des cercles de femmes et un studio en ligne « Instants Sacrés » pour partager ce qui me tient à cœur : les techniques thérapeutiques dédiées au mieux-être des femmes.

N'hésitez pas à me contacter si vous souhaitez échanger avec moi. Je m'efforce de répondre à tous les messages que je reçois.

Prenez soin de vous,
Nadine

contact@nadinejockers.fr
www.nadinejockers.fr

REMERCIEMENTS

Lorsque j'ai écrit le premier tome de cette série, « Amour et découverte de Soi », je ne savais pas encore si le thème de l'introspection et de l'amour de soi allait captiver le cœur de mes lectrices et lecteurs. La surprise fut grande de découvrir votre engouement, manifesté à travers vos commentaires sur les pages de mon premier livre, les échanges fructueux dans les forums, votre présence chaleureuse sur les réseaux sociaux, et vos nombreux e-mails qui sont autant de rayons de soleil réconfortants. Un immense merci pour votre soutien, votre amour, vos mots bienveillants, et vos encouragements qui sont comme un baume pour l'âme.

À l'adolescence, je me délectais des romances, mais en devenant adulte, j'ai plongé dans l'univers des ouvrages axés sur le bien-être. La soif de connaissance sur la manière de préserver sa santé tout au long de la vie m'a conduite vers cette exploration passionnante.

L'arrivée de ma fille, mon « enfant miracle », comme j'aime l'appeler, a redéfini mes priorités. J'ai alors fait le choix de me consacrer uniquement à l'écriture, me permettant d'être à ses côtés dès qu'elle n'est pas à la maternelle. Les instants partagés avec elle sont des délices que je savoure pleinement. Ce choix m'a fait comprendre que concentrer mes énergies sur une seule activité dans mon entreprise était essentiel pour mon équilibre.

Dans ce deuxième tome, je partage un peu de ce que nous vivons actuellement : notre emménagement dans un petit chalet au cœur de la forêt, bénéficiant d'une vue magnifique. Chaque jour, je découvre les plaisirs et les défis de la vie en autonomie. La vue idyllique s'accompagne de d'un vent tenace, rendant complexe la création d'une forêt comestible et de notre potager. Ces expériences fascinantes m'ont donné envie de les partager au travers de cette histoire. Un peu de nous, peut-être, pour susciter en vous l'envie de découvrir ce mode de vie singulier.

Je suis encore novice dans l'écriture romanesque. Jusqu'à présent, mes mots se déployaient dans des guides pratiques sur le mieux-être et le minimalisme, ainsi que dans un livre jeunesse éducatif. Je tiens à exprimer ma gratitude à Mélissa, ma correctrice de longue date, qui m'a ouvert les yeux sur la nécessité d'améliorer mon français. Jupiter, Ingrid, Jo Ann, Caterina, Anaëlle, Aude, Jean, Emmanuel, Bernard, Florence, et bien d'autres écrivaines et écrivains qui ont partagé leur savoir avec moi.

Merci à ma mère pour sa lecture assidue, même si parfois je rougis à l'idée qu'elle va lire certaines de mes scènes un peu épicées. À mon père qui, même s'il n'est pas vraiment adepte de mes écrits, les achète tous avec un amour inconditionnel.

Un merci spécial à mon mari qui écoute mes idées au fil des jours et me lit dans le train lorsqu'il se rend au travail.

Virginie, merci pour ton partage de ressenti lors de la lecture du premier jet.

Avril, tes lectures et retours en avant-première ont été des moments d'enchantement pour mon cœur, surtout ce fameux chapitre.

DE LA MEME AUTRICE

Série « Amour et découverte de Soi »

T1 : L'éveil du dernier baiser

T2 : Lorsque l'amour s'en mêle, le papillon s'envole

T3 : Sous les étoiles de nos doutes, l'amour ne meurt jamais

Edition Collector : Le Noël où j'ai appris à m'aimer

Série jeunesse « Les aventures d'Emma »

T1 : Nature, abeilles et yoga au pays de Joya

T2 : Courage, confiance en soi et océan au pays de Seiren

Guides mieux-être